道後温泉　湯築屋❾

神様のお宿は輝きに満ちています

田井ノエル

双葉文庫

神様のお宿は輝きに満ちています

目次

contents

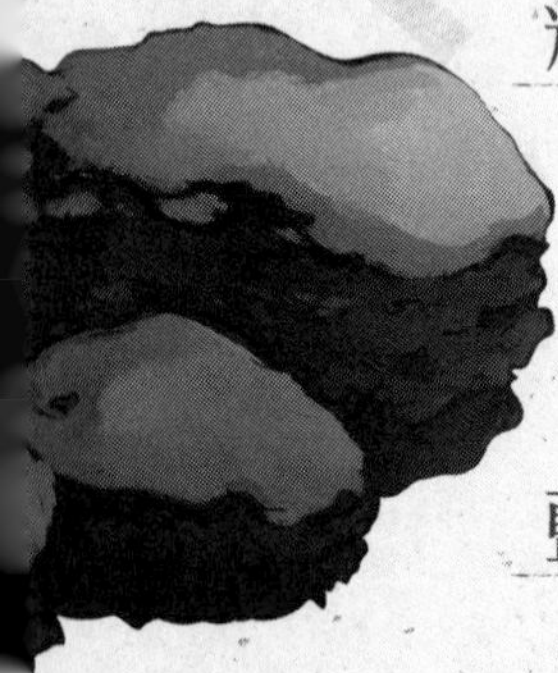

湯築《ゆづき》九十九《つくも》

道後の温泉旅館『湯築屋』の若女将。
稲荷神白夜命に仕える巫女で妻。

シロ

稲荷神白夜命《いなりのかみびゃくやのみこと》。
『湯築屋』のオーナー。

コマ

『湯築屋』の仲居。
狐だが変化が苦手。

カランコロン。

古き温泉街に、お宿が一軒ありまして。

傷を癒やす神の湯とされる泉――松山道後《まつやまどうご》。この地の湯には、神の力を癒やす効果があるそうで。

そのお宿、見た目は木造平屋でそれなりに風情もあるが、地味。暖簾《のれん》には宿の名前である「湯築屋《ゆづきや》」とだけ。

しかしながら、このお宿。普通の人間は足を踏み入れることができないとか。

でも、暖簾を潜った客は、その意味をきっと理解するのです。

そこに宿泊することができるお客様であるならば。

そう。

このお宿は、神様のためにあるのだから。

写．歴史と未来の街

1

朱塗《しゅぬ》りの建物が、闇に浮かびあがっている。

道後温泉街。ハイカラ通りと呼ばれるアーケード街を進んだ先には、道後温泉本館が鎮《ちん》座《ざ》している。太古から人々に愛される、歴史と伝統のある大衆浴場だ。

歴史ある本館とは反対側。椿《つばき》の湯《ゆ》を、さらに奥へ歩くと、新しく鮮やかな色彩の建物を見ることができる。

道後温泉の別館として、二〇一七年にオープンした新湯、飛鳥乃湯泉《あすかのゆ》だ。

飛鳥時代の建築様式と、現代アートが融合した美しい佇《たたず》まい。伝統と新しさの調和という、道後温泉らしさを体現した温泉施設である。明治の大改修以降、道後温泉のシンボルを担ってきた本館とは別の趣を持った新スポットだ。

夜間はライトアップされ、鮮やかな朱と白壁が夜空に映《は》える。屋根の天辺にのった白鷺《しらさぎ》が光を放つ様は、見る者を浄化するような美しさがあった。

「改めて、みんなで行くのは初めてだっけ？」

湯築九十九《ゆづきつくも》は、先頭を歩きながら、うしろをふり返る。藍染めの浴衣《ゆかた》と羽織《はおり》が、ひらりと揺れた。手にした湯籠《ゆかご》から、鈴の音が転がる。

湯築屋で貸し出している浴衣と湯籠だ。道後温泉街を歩く際の基本セットとも言えるだろう。似たような格好の観光客は、周囲にもたくさん見てとれた。浴衣の色で、どこのホテルに宿泊しているのか、だいたい見当がつく。

若女将である九十九は、この浴衣を着る機会がない。お客様の気分になれて、とても新鮮だった。

「前に……九十九さんと、来たっきりかな……」

九十九のうしろで、もじもじとつぶやいたのは、種田燈火《たねだとうか》だ。大学の友達で、今日は湯築屋のお客様となっている。湯籠には、入浴セット一式のほかに、一眼レフのカメラが入っていた。

「たしかに。こんな人数で来るのは初めてやわい」

屈託ない笑みで、麻生京《あそうみやこ》が答えてくれる。朝倉小夜子《あさくらさよこ》、刑部将崇《おさかべまさたか》も楽しそうな表情を浮かべていた。三人は高校の同級生であり、今も関係の続く九十九の友人たちだ。小夜子と将崇は、湯築屋でアルバイトをしている。

京と九十九は、幼馴染みだ。けれども、京に湯築屋の秘密を打ち明けたのは、つい最近である。

湯築屋は道後温泉街にありながら、普通の人間は訪れることができない宿だ。結界に守られており、神様や妖《あやかし》だけが敷居を跨《また》げる。

只人《ただびと》である京には、理解しがたい世界だろう。でも……九十九は話したかった。友達なのに、京だけなにも知らないままなのは、九十九の気持ちが許せなかったのだ。京は一度、無理に話さなくてもいいと言ってくれたけれど、九十九は整理をつけたかった。

最初、京は驚いていたけれど、最終的には九十九の話を受け入れてくれている。今思うと、よく信じたと感心してしまう。

今日は、京を初めて湯築屋に招待した。

せっかくなので、高校の同級生である小夜子と将崇も。そして、大学で仲よくしている燈火も加えた四人だ。

名目は、クリスマスパーティーである。

「改めて、九十九ちゃんがお客様の浴衣着てるの、なんだか新鮮」

小夜子が笑うので、九十九は急に背筋がヒュッと丸まる。

「本当は、わたしがおもてなしする予定だったのに……」

九十九は従業員として、みんなを接客するつもりだった。しかし、将崇が「従業員の俺や朝倉が客なのに、なんでお前もこっちじゃないんだ!」と、言い張ったのだ。

「しょうがないよ。ああ言い出したら、将崇君は頑固だもん。それに、私も九十九ちゃんと遊べて楽しいな。お客様目線になったら、今後の接客にも活きるかもしれないよ？」

「そう言われちゃったら、たしかに勉強になるかもしれない」

と言っても、一部屋貸し切って、みんなで遊んでいるだけだ。昼間は、京や燈火のために湯築屋を見学して回ったり、カードゲームをしたりしていた。修学旅行のお泊まりのような雰囲気だ。

そうやって楽しんでいるうちに、お客様用の浴衣を着て、「夜遊びしよう！」と、妙なテンションのまま夜の道後に繰り出したのである。

「夜はあんまりゆっくり歩かないから、雰囲気変わって楽しいね」

「そっか。小夜子ちゃんは、バイトのときしか来ないから、余計にそうかもね」

夜の道後は色が変わる。

アーケード街の灯りがつくばかりではない。ガス灯の形をした街灯はレトロな趣で、夜道を暖かい雰囲気にしてくれる。放生園《ほうじょうえん》のカラクリ時計や本館も、夜闇に美しく浮かびあがっていた。道後公園でも、冬季はイルミネーションが行われている。

とくに、新湯として建設された飛鳥乃湯泉は、夜のほうが美しいと九十九は思っていた。何度見てもため息が出るし、夜間に映えるアートイベントや展示も、よく開催されている。

中庭を流れる湯の川からは、ほんのりと白い湯気があがっており、風情がある。そこに、燈火が一眼レフカメラを構えて写真を撮っていた。

「すご、あれがローアングラーか」

　姿勢を低くして撮影する燈火を、京が興味深そうにながめている。たぶん、ローアングラーの使い方が微妙に違うが、ニュアンスは伝わってきた。

「あ、ごめん……つい……」

　燈火は、はっとしたように、ピシッと立ちあがる。「SNSで映えそう」なものを見ると、つい撮影をしたくなってしまうらしい。いつもの光景だったので、九十九はなんとも思っていなかった。

「誰も怒ってないから、大丈夫だよ。私、燈火ちゃんの撮った写真、好きだから」

　小夜子は眼鏡の下に笑みを作りながら、燈火のカメラをのぞき見た。燈火はもじもじと、落ち着かない様子だ。二人は今日、初めて会った。数時間遊んだとはいえ、まだ慣れていないのだろう。小夜子がぐいぐいと、燈火に迫っているように感じた。

　湯築屋に初めて来たころの小夜子を思い出し、九十九は微笑する。内気で、引っ込み思案だった小夜子が、今はこんなに明るく振る舞う。あのころは、考えられなかったことだ。

　九十九は、こちらが小夜子の素なのだろうと思っている。家庭の事情で抑圧されていたが、今は自由だ。すっかりと、いい方向に変わった気がした。

　湯築屋に来たから……いや、小夜子自身の努力で、いろんな課題を乗り越えたからだ。

「燈火ちゃん、わたしにも見せて」

九十九は二人の間へ交ざろうと、燈火のカメラをのぞいた。

デジタルの液晶には、今撮った写真が表示されている。

暗闇に、朱塗りの建物がそびえ立っていた。真っ白な白鷺が、湯気から飛び立とうとしているみたいだ。手前に白い湯気がはっきりとしていて、まるで雲の上である。昼間は湯気が写らないので、夜しか撮影できない構図だろう。よく考えられていると感心した。

「すごい。燈火ちゃんは、こういうのよく思いつくよね」

「九十九ちゃんの言うとおり。迫力あるっていうか、同じ建物に見えないよ」

口々に褒めると、燈火が照れくさそうに背中を丸める。

「そ、そんなこと……」

SNSでたくさんの「いいね」をもらっていても、目の前で褒められることに慣れていないのだ。燈火は居心地悪そうに、頰を赤く染めていた。

「あれ、将崇君」

視線を外すと、将崇が一人で柄杓《ひしゃく》を持っていた。

湯玉石《ゆだまいし》だ。道後温泉のシンボルとして使われている湯玉に形が似ていることから、そう呼ばれている。将崇は湯玉石に、柄杓で湯をかけ、なにかを一生懸命におねがいしていた。

手には、木綿《もめん》のハンカチに包んだ真珠がにぎられている。

「あー！　刑部ずるいー！　なんで、一人だけ湯真珠《ゆまたま》買っとんよー！」

湯真珠とは、道後温泉観光会館で購入できる真珠のお守りだ。将崇は事前に、買っていたのだろう。いつの間に。

「こ、これは……そういうんじゃないんだぞ！　弟子《でし》が興味あるって言うから、仕方なく、俺はこんなの好きじゃないんだからな……！」

京に指摘されて、将崇は顔を真っ赤にしながら弁明する。

将崇は人間として暮らしているが、正体は化《ば》け狸《たぬき》だ。将来、人間と妖が訪れる飲食店を作りたいという目標のため、調理師の専門学校に通いながら湯築屋で修業している。

そして、湯築屋の従業員、コマの師匠でもあった。コマは化け狐なのに、変化《へんげ》が苦手なのだ。コマにとって、将崇は憧れの師匠だった。

将崇はコマのために、湯真珠をプレゼントしたいのだろう。恥ずかしがりながらも、将崇は湯真珠を湯にひたしていた。

真珠は昔から、人と神を繋《つな》ぐ存在として崇められた宝珠でもある。これを、道後の湯にひたし、お守りとして持ち歩けば、ねがいが叶う。新しい縁起物だ。

「ねえねえ、ゆづ。疑問なんやけどさぁ……こういう新しいものって、神様的には御利益《ごりやく》あるもんなん？　人間が勝手に設定しとるだけやん？」

京の疑問は素朴で、もっともらしい。九十九も、すぐには返答できなかった。

「その質問はむずかしいなぁ……」

湯真玉は、あくまで人間が作った観光目的のお守りだ。本当に神様の御利益があるという証明はない。

人は古来より、神の存在を信じて祈ってきた。荒ぶる気象や不思議な現象、説明のつかないことを、すべて神や妖の力と結びつけてきたのだ。

しかし、科学によって様々なことが解明されるに従い、信仰は薄れてきた。名を忘れられた神は、堕神《おちがみ》となり、消滅していく。近年、堕神の数が増加していると、嘆くお客様が後を絶たない。九十九も、そんな堕神と接する機会があった。

神の力は絶大だ。九十九からすれば、物理法則など無視してなんでもありの反則的な存在である。けれども、神が神であるためには、人々の信仰が不可欠なのだ。信仰を失えば力が弱まり、名を忘れられれば存在も消える。

「人間の信じる心が神様を強くするし、神様を生むんだよ。だから、新しい信仰の形は神様たちも大歓迎。って、天照《あまてらす》様が言ってたかな」

その天照が「推《お》しの色ですわ！」と、湯真珠の巾着を大事そうに頬ずりしていたのを、思い出しながら。

「大事なのは歴史や形じゃなくて、信仰心だから」

昔から守られてきた伝統の神事も、カジュアルに買える美しいお守りも、神にとっては力だ。そこに信仰の心があるなら、形がどれだけ変わってもいい。そもそも、伝統的な神事だって、もとを辿《たど》れば人間が作ったものだ。

これは天照やシロの考え方だった。他の神様は、もっと別の意見を持っているかもしれない。湯築屋に訪れるお客様だけでも、千差万別だろう。

「なるほど。神様って、気難しくて偉ぶっとんやと思っとったけど、案外、身近というか、心が広いんやね」

「気難しいっていうより、よくわからない方もいらっしゃるかな。でも、湯築屋に来るような神様は、だいたい人間が好きだよ」

京は初めて湯築屋に来たせいか、神様たちに興味津々であった。彼らの在り方や、人間との距離感、考え方は彼女には特異なことだろう。

幼いころから湯築屋で、神々と関わっている九十九でさえ、ときどきわからなくなる。そのたびに、新しい気づきを得るのだ。

将崇は、湯にひたした湯真珠の水分をていねいに拭きとり、専用の巾着《きんちゃく》袋に入れていた。満足げな表情で、巾着の口を結ぶ姿が微笑ましい。

「なにおねがいしたの？」

何気なく聞くと、将崇は視線をそらしながら答える。

「あいつが……弟子がしっかり成長しますように、って」

真珠にコマの成長をねがう将崇の顔は恥ずかしそうだが、凜々《りり》しくもあった。

化け狸なので、見た目の年齢や背丈は自由に変えられる。しかし、九十九には、初めて出会ったときよりも、将崇が大人びて感じられた。


そのまま五人は、飛鳥乃湯泉で入館チケットを購入する。

今回は奮発して、個室のチケットだ。

飛鳥乃湯泉では道後温泉本館と同じシステムが採用されており、「入浴のみ」、「二階大部屋での休憩」、「個室での休憩」、それぞれのコースを選べるチケット制だ。コースごとに休憩時間が決められており、入浴してお茶菓子をいただく形となっていた。

館内に入ると、いたるところに、伊予の伝統工芸と現代アートが融合した装飾が施されており、客の目を楽しませてくれる。

個室は二階だが、まずはエントランスからため息が出そうだ。吹き抜けで明るい空間は木の優しさであふれている。天井から垂れさがるシェードは、内子町《うちこちょう》五十崎《いかざき》の手漉《てす》き和紙。空気の汚れを吸着する鉱物が使用されており、「呼吸する和紙」とも言われていた。

正面の壁には、大きな湯玉の模様が浮きあがっている。建物は新しいのに、この空間は不思議と、道後の歴史を感じさせてくれた。

二階への階段をあがると、今度は大部屋の休憩室を横切る。

「ゆづ、あれって金？」

京が興味を示したのは、大部屋の照明だった。

ここにも、内子町五十崎の手漉き和紙が使用されている。

「うん、金箔《きんぱく》だよ。ギルディング和紙っていうの」

「思っとったより、すごい名前……何語？」

「フランス語だよ」

手漉き和紙と、フランスの伝統的な金箔加工技術を融合させた「ギルディング和紙」の照明シェードだ。愛媛に根づいていた伝統工芸に、異国の文化を取り入れている。且つ、双方のよさを損《そこ》なうことなく、上品でより美しい技術へと昇華させていた。

もとからあった技術を大事にしながら、新しいものへと。

歴史と伝統を守りながら、未来へと繋げていこうとする道後温泉の在り方を、飛鳥乃湯泉は体現していた。

九十九たちは、そのまま個室へと向かう。今日は白鷺の間への案内である。

「すごい綺麗《きれい》」

白鷺の間に入室して、視界に飛び込むのは壁一面を彩る伊予水引細工《いよみずひきざいく》の模様だ。光の加減で金にも銀にも見える繊細な色合いで、温泉の湯文様《ゆもんよう》を表現している。飛び立とうとしている白鷺は、道後温泉の起源伝説からのモチーフだ。

飛鳥乃湯泉の個室には、それぞれコンセプトがあり、違った伊予の伝統工芸を堪能できる。他にも湯桁《ゆげた》の間は、西条《さいじょう》だんじり彫刻。行宮《かりみや》の間は、今治《いまばり》の桜井《さくらい》漆器。椿の間は、今治タオル。玉之石《たまのいし》の間は、筒描染《つつがきぞめ》。何度訪れても、驚きのある工夫がされている。

「しゃ、写真撮っていいかな……！」

燈火が、まっさきに一眼レフを構えて前へ進む。遅れて、京もスマホで写真を撮りはじめた。

「九十九ちゃん、景色もいいよ」

小夜子が障子を開けて、窓の外を示した。九十九も一緒にながめる。

飛鳥乃湯泉の中庭を見下ろせた。さきほど、将崇が湯真珠をひたした湯の川も、上から見おろすと様相が変わる。さらには、隣接する外湯・椿の湯と、その向こうにあるハイカラ通りのアーケード。道後温泉本館は、やや見えにくいが、改装工事中の覆いがわずかにのぞいていた。

昼間とは違う顔を見せる道後の景色だ。

九十九は昼間のほうが見慣れている。夜は湯築屋へ帰って仕事をして、そのまま眠ってしまうからだ。

自分が住む街なのに、景色が異なって見える。こんなにも色彩が変わるのが面白くて、そして、美しかった。

九十九は壁の水引細工に、再び視線を戻す。

白鷺のモチーフは、道後温泉では多用されている。白鷺が羽を休めていた岩場から、湯がわいたという伝説があるからだ。

その白鷺の正体を、九十九は知っている。

湯築屋の主である稲荷神 白夜命《いなりのかみびゃくやのみこと》、九十九たちがシロと呼んでいる神様。外界を遮断する結界で湯築屋を囲い、神様の訪れるお宿としている。

シロは最初から神だったわけではない。宇迦之御魂神《うかのみたまのかみ》に仕える神使《しんし》であった。それが天之御中主神《あめのみなかぬしのかみ》と融合することで、神となったという特異な存在だ。そうして、湯築屋が成立した。

九十九の祖先である湯築月子《つきこ》が、初代の巫女《みこ》である。彼女の命を巡って、シロは神様に。天之御中主神は、シロの結界に縛られる存在となった。

もともと、天之御中主神は白鷺の姿で全国を飛び回り、点々としていたという。天之御中主神は原初《はじまり》の神であり、終焉《おわり》を見届ける神。長く同じ土地にいると、そこを神の領域とする性質がある。湯築屋の結界はそれを防ぐものであり、同時に、天之御中主神の自由を縛る檻でもある。

月子が命を落とし、シロはその再生をねがった。だが、その選択は理《ことわり》に反するものだ。天之御中主神と融合し、檻である結界となることは、シロに科せられた罰のようなものだった。

シロはずっと、その選択を悔いている。

そして、許せずにいる。彼にその選択を提示した天之御中主神のことも、選んでしまった自らのことも。

同じ存在となっているのに——いや、同じ存在だからこそ許せない。そんな微妙な感情を抱えたまま、表裏として在り続けている。

九十九は……シロに、天之御中主神との不和を抱えたままにしてほしくなかった。

シロには、向きあう機会が必要だ。

仲直りさせたいなんて、おこがましいことは考えていない。ただ、理解しようと歩み寄るだけでも、なにかが変わるのではないか。

九十九よりも長い時間を生きるシロにとって、心の枷《かせ》はないほうがいい。今までも、シロは月子という枷を背負ってきていたのだ。

九十九がいなくなっても、ちゃんと——。

「九十九ちゃん、浴場行くよ」

「あ、ごめん。小夜子ちゃん」

物思いにふけりすぎていた。

小夜子に声をかけられて、九十九は畳から立ちあがる。

これから、一階の浴場へおりて入浴するのだ。飛鳥乃湯泉の浴場では、時間ごとにプロジェクションマッピングの上映があり、本館と違う入浴時間を味わえる。湯温は熱めだが、露天風呂もあるので、ゆっくり長湯でくつろげるのも魅力だった。

「刑部だけ、狸やから仲間はずれ〜」

「た、狸を馬鹿にするんじゃないぞ！　お、俺は、オスだから別行動になるだけだ！」

「オスって言うとるやん」

「あ……男だッ！」

京が揶揄《やゆ》すると、将崇が反論する。実は湯築屋の秘密よりも、将崇が狸だという事実に驚愕《きょうがく》していた京だが、今ではすっかりとネタにするほど馴染んでいた。

お互いの正体を知っても、これまでどおり接してくれる。ちゃんと、友達でいるという証《あかし》の気がして、九十九には嬉《うれ》しく感じられた。

2

飛鳥乃湯泉や道後の夜景を堪能して湯築屋へ入ると、世界が一変する。

星々煌《きら》めく冬の空は、黄昏《たそがれ》どきの藍色に。星も月も雲も消え、なにもない空間に塗り変わった。結界の外ならば、塀の向こうに隣の民家や周囲の建物も見えるはずなのに、それすらもない。

九十九にとっては日常だが、燈火や京は口を半開きにして、この事象を不思議そうに観察していた。

「何回見ても、変」

京はぽつんと言いながら上を向き、ぐるりとその場で一回転していた。

「京、前見て歩かないと転ぶよ」

「わかっとらい」

日本庭園を進むと、近代和風建築の建物が現れる。道後温泉本館とよく似た外観だが、どことなく雰囲気が異なる。窓に浮かびあがる花札柄の障子や、ぎやまんガラスの色調が温かくて優しい。

燈火が、うずうずとした表情で一眼レフをにぎっている。写真を撮りたいのだろう。しかし、湯築屋の写真はSNSにはあげられないので、料理以外は遠慮していた。だが、その気持ちはわかる。

「おかえり」

燈火の足元から声が聞こえる。

見おろすと、白い蛇《へび》が身体《からだ》をうねらせながら、燈火へと近寄っていた。

「ひ、蛇……」

　京だけは、ギョッとした表情で逃げる。事情を知らないと、こういう反応になるのも理解できた。

「京、大丈夫だよ。あの方も神様だから」

「ほ、ほうなんや……いや、そうじゃないかと思ってたけど、爬虫類《はちゅう》はちょっと……」

　ミイさんだ。道後公園の岩崎《いわさき》神社に祀《まつ》られる蛇の神様である。

　縁があり、いつも燈火と一緒にいる……というより、暫定《ざんてい》、燈火の婚約者だった。今回は浴衣と湯籠の軽装なので、ミイさんを隠して連れて行けず、お留守番していたのだ。

　燈火は膝を折り、ミイさんに手を伸ばす。ミイさんは、そんな燈火の腕を伝って、肩へとしゅるしゅるのぼっていった。

「寂しかった」

「うん、ごめん」

「楽しかった？」

「楽しかったよ。今度、ミイさんも行く？」

「うん」

　ミイさんと燈火の会話は短いけれど、微笑ましかった。何気なく、デートの約束まで交わしている。サラッと。至極自然に。

　なぜだろう。とても、負けた気になった……。

微妙な心境で燈火たちを見つめる九十九。その肩に、体温がのった。

不意に引き寄せられて、身構える間もなく身体がうしろへ傾いていく。そして、寄りかかるように、手の主の胸元へと。

「儂《わし》も寂しかったぞ」

ミイさんの真似でもしたのか。いや、本当にそう思っていそうだな。九十九は呆《あき》れながら、頭上を仰《あお》いだ。

「シロ様……急に出てこないでもらえますか」

稲荷神白夜命。湯築屋のオーナーをしている神様で、シロと呼ばれている。

九十九の反応を受けて、シロの頭のうえにある耳がぺしゃんこに潰れ、尻尾はしゅんとさがってしまった。

「反応が冷たいではないか、九十九」

「こんな……みんなの前で、恥ずかしいことするからですよ！」

「見せびらかしてなにが悪いのだ。九十九も、こんなにイケメンの夫がいて、鼻が高いであろう？　自慢になるであろう？　胸を張るがよい！」

「自分で言わなきゃいいことを、なんで言っちゃうんですかね……」

九十九は、つい言い返しながら、肩にのったシロの手をペッペッと払った。おおむね、いつもどおりの対応だ。なのに、シロは大袈裟に口を曲げながら寂しがってみせる。

神秘的な色を湛《たた》える琥珀《こはく》色の瞳や、絹束のごとく艶《つや》めく白い髪。中性的な顔立ちでありながら、たくましさを感じる体躯《たいく》は、黙っていれば美しい佇まいである。藤色の着流しと、濃紫の羽織がよく似合っていた。

それなのに……どうして、口を開くと、こう。

「ゆづ。シロ様ってさ……」

二人の会話をながめていた京が真顔で考え込んでいた。

「顔面は世界遺産級なのに、中身残念系なの、ほんと惜しいんよな。黙っとったら最高やのに……」

はい、そうですね。そのとおりでございますよ。

当初は「ゆづの旦那ヤバくない⁉　うらやま！」と騒いでいた京だが、湯築屋で直接対面して考えが変わったようだ。

秒でシロの化けの皮が剥《は》がれている。速い。速すぎる。

「儂も九十九とお風呂に行きたい！」

「行ったところで、男湯と女湯じゃないですか！」

「壁に阻《はば》まれた夫婦ごっこ。ドラマで見た。シャンプーを投げて貸し借りするのだ」

「なんですか、そのごっこ！　だいたい、飛鳥乃湯泉は銭湯みたいな壁じゃないです！　完全に別々ですからね！」

いつのドラマで覚えた知識だろう。

「ぐ……」

頼むから、友達の前で醜態を晒《さら》さないでほしかった。もっと神様らしく、キリリッとできないんですかねぇ！

九十九は頭が痛くなって、大きなため息をついてしまう。せめて、もうちょっと。もーうちょっとだけ、威厳がほしい。

「ゆづ。わざわざ外湯行かんでも、君らは、自分家《じぶんち》の広いお風呂で、イチャコラできるのでは……？」

言いあいをしていると、京が楽しげにつぶやく。

その発想はなかった。九十九はカッと顔が赤くなるのを感じるが、一方のシロは嬉しそうに手を叩《たた》く。

「名案ではないか！」

「京。うちの駄目神様に、そんな悪知恵《エサ》与えないで！」

実行に移しそうで怖い。

「君ら、ほんと楽しいな」

京はケラケラと他人事のように笑っている。他にもなにかよからぬ悪知恵を吹き込まれそうな予感がして、九十九はハラハラしてしまう。

「でも、ゆづ。こんなイケメンとデート、恥ずかしいのはわかるけど、シロ様だって寂しがっとるんやけん。ちょっとくらい、いいんじゃないの？　お風呂あがりにお茶菓子食べて、喫茶店とか行って、ブラブラしてあげなよ」

京は知らないので、何気なく言ったのだろう。

シロは湯築屋の結界を維持するため、外へは出られない。いつも傀儡《くぐつ》を操るか、使い魔を通じて外の世界を見ていた。

傀儡と擬似的なデートをするのは可能だろう。でも、あくまでもシロ本人ではない。シロはそれでもいいと言うが、九十九にはどうしても気になる点であった。

シロと同じ視線で、外の世界を楽しむことはできないのだ。

「シロ様は、外に出られないから……」

その説明をすると、京は反省したのか、表情を曇らせた。

「そっか。なんか、ごめん……」

京は謝ってくれるが、これは九十九が説明していなかった点だ。なにも悪くなかった。

「儂は気にしておらぬぞ。九十九は、毎日ここへ帰ってくるからな。それで充分ではないか。ずっと一緒にいたいのは本心だがな」

シロはなにも気にしていない素振りだった。

実際、おそらく傷ついてなどいないのだろう。彼にとっては、当たり前だ。何年も、何百年も、こうやって過ごしてきたのだから。

傀儡や使い魔越しだって、シロには外の世界が見えているのだ。不都合はなにもなかった。

でも、九十九はときどきズレを感じる。

同じ景色をながめていても、シロは結界の内側にいるのだ。九十九が見たままの色や気持ちを、共有できていない。

もちろん、同じものを見たって、神様と人間だ。感じ方はそれぞれ違うのは理解していた。人間同士であっても同様だ。

それでも……シロと同じ世界で、同じものを見ていたい。

無理なねがいなのだろうか。

シロが結界に囚《とら》われている限り——。

「みなさま、お帰りなさいませ。寒かったでしょう。ぜんざいをご用意していますよ」

玄関先で騒いでいたせいか、中から番頭の坂上八雲《さかがみやくも》が出てくる。八雲は人好きのする柔和《にゅうわ》な物腰で、九十九たちにあがるよう、うながした。

「ありがとうございます、八雲さん。すぐに運びましょうか」

九十九はいつもの調子で、玄関へ一歩、二歩。早足で近づいた。お椀が五人分に加え、きっとシロやミイさんも食べるだろう。そうすると、運び手は多いほうがいい。

けれども、八雲は優しく笑いながら、九十九の前に掌を示した。

「今日の若女将は、お客様です。みなさまと、ゆっくりお部屋でおくつろぎください」

「あ……」

そうだった。今日、九十九はお客様の立場だ。

改めて言われると、背中がなんだかムズムズしてきた。

「さあさあ、お客様方。小広間へご案内いたします」

そんな九十九の気持ちを、八雲もわかっているのだろう。なだめるように、ポンッと肩に手を添えられる。

従業員に案内されて歩く湯築屋は、ちょっぴり居心地が悪い。いつもは、九十九の役目なのに……。


ぜんざいをいただき、身体も温まったころ。

なんとなく、みんなに遊び疲れた雰囲気が漂っていた。五人同じ部屋にいるのに、だらだらとなにをするでもなく過ごしている。

こういう時間も悪くないものだ。

一緒にいる間、ずっと話しているのも疲れる。九十九も、温州《うんしゅう》みかんの皮を剥きながら、ぼけーっとテレビをながめていた。隣の小夜子も、似たような過ごし方である。

燈火は部屋の隅で、一眼レフの液晶をいじっていた。今日の写真を整理しているのだろう。たくさん撮るので、小まめに管理したいようだ。

「もし」

襖《ふすま》の向こうから、呼び声がした。

鈴みたいに美しい少女の声だ。

「どうされましたか?」

九十九には顔を見なくとも、声でわかる。湯築屋に長期連泊中の常連客、天照大神だ。一年の大半を湯築屋に宿泊しており、専用の客室まであるので、もはや、同居人と呼んでも差し支えない。

「こんばんは」

九十九が襖を開けると、天照がお行儀よく座っていた。平安貴族のような十二単《じゅうにひとえ》をまとっている。

そのときどきによって、天照は装いを変えるが、湯築屋の中では基本的にこの出《い》で立ちだ。本人いわく、「横に広がる衣は、雰囲気が出るでしょう?」とのこと。形から入りたがる神様は、案外いらっしゃる。

「こちらに、tokaさんがいると小耳に挟みましたの」

tokaとは、燈火のSNS上の名前だ。

松山の美しい写真を投稿し、多くのフォロワーから支持を得るインフルエンサーであった。燈火は謙遜するが、インターネット上では絶大な人気を誇る。

天照は、インターネットに明るい神様だ。一時期はアフィリエイト収入で荒稼ぎしたと聞いたが、現在はライブ配信者として活躍中だった。趣味はアイドルで、いつも推し活に勤しんでいる。

そんな天照としては、インフルエンサーの燈火は気になる存在なのだろう。

「ぼ、ボクですけど……」

燈火がびっくりした様子で答える。まさか自分が神様から呼ばれるとは思っていなかったようだ。隣でとぐろを巻いていたミイさんが、チロチロと舌を出している。

「まあ。個性的な輝きの乙女。思っていたとおりの娘ですわ……はじめまして。天照と申します」

「あ、あ、あ、あ、あまてらす……さま……？」

「はい。天照大神でございます」

神話に明るくない燈火でも、さすがに天照の名前は知っていた。

京も、「マジか」とあんぐり口を開けている。いや、京さん。あなた、高校の授業で、「天照大神」を、「てんてるおおかみ」と読みあげた猛者《もさ》ですよ。忘れましたか。九十九は、あえて指摘しないでおいた。

「いつも、素敵なお写真拝見しております」

天照は涼しい笑みで、室内へと進み出た。

燈火は慌てて、正座で姿勢を正す。なぜか、ミイさんも身体を伸ばした。ミイさんは、天照と初対面ではないはずだが、きっと燈火にあわせたのだろう。ややのんびりした気質の神様らしかった。

「燈火ちゃん。天照様は優しい神様だから、緊張しなくていいよ」

「そうですわ。取って食べたりしませんよ」

天照は「ふふ」と、蜜みたいな笑みを燈火に向ける。

次の瞬間、天照の引きずっていた十二単が宙に浮く。そして、みるみるうちに、純白のワンピース姿に変身してしまった。髪も、赤いリボンでツインテールにまとめあげている。

燈火が緊張しているので、服装を現代にあわせてくれたのだろう。こういう柔軟性もある神様だった。

燈火は驚いて目をパチクリ見開いていたが、さきほどよりも表情がやわらかくなる。

「お写真の相談がしたくて。ぜひ、わたくしに輝きをご教授いただけませんか？　それがあなたのカメラですか。よろしければ、機種を教えてくださいな」

「え……え……」

矢継ぎ早に質問されて、燈火が混乱している。だが、やがてポツポツと、カメラの機種やレンズの種類について答えはじめた。

「フィルターは、なにを使用していますか。既存のものだと、画質が安定しないでしょう?」

「それは、SNSによって使いわけしてて……ホームを見たときの統一感が大事だから、好みのフィルターで……いいと思います」

「なるほど。あら、綺麗な夜景ですわね。見せてくださる? やっぱり、スマホのカメラでは、こうはいきませんわ」

「そう、ですよね。ボクもスマホじゃ物足りなくて、カメラ買っちゃって……」

「わかりますわ。最近は、よいレンズが搭載されているとはいえ、ねえ?」

天照と燈火の会話は、どんどん弾んでいく。

当初は戸惑っていた燈火だが、好きな話ができて嬉しいのだろう。徐々に顔を紅潮させ、興奮していくのがわかる。

燈火はコミュ障を自称しているが、適応力はとてつもなく高い気がしていた。こうやって、天照とすぐに打ち解けてしまったし、ミイさんとも仲よくしている。九十九とで会うまで、他者との接し方が下手だと思い込んでいただけだろう。

本人がそれを理解していないだけだ。ゆえに、自分でも気づかないうちに壁を作ってしまいがちだった。とくに、人間相手だと顕著である。小学生のときに同じクラスだった友達と、あまり上手くいかなかったせいもありそうだ。

それも燈火の個性なので改める必要はないと思うけれど……ゆっくり、慣れていってほしい。

「よろしかったら、わたくしと一緒に写真を撮りに行きましょう!」

「ぼ、ボクなんかでいいんですか……? 神様が?」

「ええ。わたくしは、あなたの輝きに興味があります。そうね……撮影場所は、若女将にでも選んでいただきましょうか」

突然の指名を受けて、九十九はみかんで噎《む》せる。

どうして、そこで九十九に白羽の矢が立つのだ。燈火と天照で好きな場所へ行けばいいではないか。SNS映えしそうな場所なんて、九十九の感性ではパッと思いつかない。

しかし、燈火も天照も、こちらに期待の眼差しを向けていた。小夜子もにこにこと見守るばかりで、助け船を出してくれそうな雰囲気ではない。将崇は、門外漢のせいか華麗にスルーを決め込んでいた。

ええー……。

「ねえ、京。なにかない?」

「なーい。わかんなーい」

地元民なのに、酷《ひど》い。

京は完全に他人事の顔で、にこにこしている。鬼か。

天照は湯築屋での滞在が長いため、この界隈に詳しい。燈火も、九十九がいないときに一人で散策しているようだ。

そのうえで、両者にオススメできる場所なんて……。

「えーっと……考えて……おきますね？」

九十九は顔を引きつらせながら、返答した。

なんか、あったかなぁ……二人がまだ行ってなさそうな場所。

3

視界がふわふわとしている。

目の前で左右に揺れるのは白い尻尾だ。

九十九は、じっと見つめてタイミングをうかがう。そして、小さな手足で踏ん張って、大きな尻尾に飛びついた。

バッと、両手で尻尾をつかむ。すると、藤色の着流しをまとった背中が、こちらをふり返った。

「シロ様、つかまえた！」

屈託なく笑う自身の声は、甲高《かんだか》かった。

その段になって、九十九はこれが夢だと気がつく。

月子との修行の夢ではない。

九十九が幼かったときの思い出だった。それを、夢として見ているのだ。

「九十九、危ないではないか」

九十九の頭を、押さえつけるようになでたのはシロだった。九十九の身体が小さいせいか、現実よりも大きくてたくましく感じられる。

「だって、シロ様おどろかせたくって」

「……幼子はなにを考えておるか、わからんな。儂には見えておるから、驚かぬよ」

「そうなの？」

「嗚呼。儂には湯築屋のすべてが見える」

シロは、まるで子猫かなにかみたいに、九十九の身体を抱きあげ、膝のうえにちょんとのせる。

九十九の意識はあるのに、身体は自由に動かせない。九十九の意思に関係なく、夢は進行していった。

「一人でのぼってきたのだな」

湯築屋の庭を見渡す景色。

シロがよく座っている、湯築屋で一番高い樹だった。

湯築屋の庭は、シロの幻影で造られているが、この樹だけはいつもここにあった。季節によって種類が変わるので、やはり幻影なのかもしれないが。

今日は緑の葉に、赤い実をつけた千両の木だ。クリスマスの季節だからだろう。

「だって、シロ様はいっつも、ここにいるんだもん。つーちゃんは、シロ様のお嫁さんなんだから、一緒にいなきゃだめでしょ？」

九十九はシロを探して、樹に登ったのだと主張した。
五、六歳の時分だろう。まだシロとの関係も理解していないころだ。言動が、「シロ様のお嫁さん」という単語に振り回されている。
今考えると、こんなことを言っていたのか……と、恥ずかしくなる記憶だ。消してしまいたい。他人だったら、可愛らしいと微笑むところなのに。

夢の中の九十九は無邪気で、ただただシロに甘えていた。

「儂は、九十九を縛ったりはせぬよ」

シロは優しい声音で、九十九の髪を梳《す》く。その様が、一抹《いちまつ》の寂しさをはらんでいる気がした。

湯築の巫女は、代替わりと同時にシロへ嫁ぐ。それは湯築屋がはじまってからの取り決めだ。だが、シロは巫女に隷属《れいぞく》を強《し》いていないし、好きにさせたいと考えている。九十九にも、同じ態度を貫いていたのだろう。

十数年前の思い出。

夢の中のシロは、九十九と距離をとりたがっていると感じた。

今とは違う。

いつから……シロは九十九への接し方が変わったのだろうか。

夢では思考が鈍くて、すぐには思い出せなかった。

「シロ様は、つーちゃんがきらいなの？」

幼い九十九は、無垢に首を傾《かし》げていた。身体が小さいと、シロと視線をあわせるのがむずかしい。

「つーちゃんは、シロ様がいてくれると、さみしくないの」

九十九は細い足を、ぶらぶらと揺らす。

「お母さん、お家にかえってこないし……お父さんはやさしいけど。シロ様は、つーちゃんといつも一緒にいてくれるから、すき」

わたし、こんなこと考えてたんだっけ……自分の記憶なのに。

「シロ様は、ひとりにしないでいてくれるもん。旦那様だから」

まだお嫁さんとか、旦那様の意味も理解していない。漠然と、シロを「一緒にいてくれる存在」だと認識していたようだ。

恋や愛という感情を知らない。

それに気づいたのは、もっとあとだ。

でも、このころの九十九にとっても、シロの存在は大きかった。

忘れていた感情だ。

なのに、こうやって夢で見ていると、思い出してくる。

シロはしばらく黙っていたが、やがて、ふわりと九十九の肩を抱いた。

「嗚呼」

九十九の身体が小さいので、包み込むような形であった。幼い九十九は、単純にそれが嬉しくて、笑顔で頬ずりしている。

記憶の底に仕舞い込んでいた時間だ。

懐かしくて、温かくて……でも、一抹の寂しさがわき起こる。

♨　♨　♨

「…………」

ふんわりと、視界がぼやけてきた。

身体を動かすと、九十九は布団の中で寝返りを打っていた。どうやら、覚醒《かくせい》してしまったようだ。

いつもは、他の夢を見ていても、そのまま月子が現れたり、朝まで眠っていたりする。

だが、今日は睡眠が浅かったのだろう。

「んぅ……」

九十九は、なんとなく目が冴《さ》えて身体を起こす。

窓の外には藍色の空が広がっている。純和風の部屋には、使い古した学習机が置かれ、壁の時計は午前二時を示していた。

昨日と一昨日は、京たちと一緒に客室で寝た。自分の部屋を空けたのは二日ほどなのに、なぜか久々の光景に感じる。

昔の夢なんて、あまり見ない。

どうして、いまさら。

夢に意味など求めるものではないかもしれないが……いや、夢だからこそだ。月子の修行、天之御中主神との対話、シロの過去——九十九の周りでは、夢は特別な意味を持っていた。

九十九は布団から這《は》い出る。

窓から湯築屋の外観が確認できた。九十九たちの寝る母屋《おもや》は、庭を挟んで離れた位置にある。木造二階建てで、普通の民家という趣だ。

視線を移動させると、湯築屋の庭にそびえる大きな樹もある。

夢で九十九とシロが枝に座っていた。

シロは独りになりたいとき、いつもあの樹にのぼっているのだ。

今も。

「あ……」

樹の幹で、影が動いた。

誰かがいるようだ。

シロだろうか。

九十九は、そろりと立ちあがった。シロがあそこにいるのはいつものことだけれど……

やはり、夢が気になってしまう。

夢は自分の深層心理を映す鏡だ。そういう解釈のほうが一般的だろう。

でも、九十九にとっては違う。

かつては、夢に他者が出てきた場合、「その相手が、自分のことを強く想っている」と解釈したらしい。他者の夢を訪れるほど、念が強いという考え方だ。また、夢は神からのお告げとしても信じられていた。

まったく現代的ではない。

しかし、あながち間違ってもいなかった。

九十九にとっての夢は、他者との繋がりだから。

母屋を出て、九十九は庭を歩いた。

冬らしく雪化粧を施された湯築屋の庭は幻想的だ。綿のような雪が舞うのに、寒さはまったく感じない。結界の中だと、景色と気温に、ずいぶんとギャップができてしまう。だからこそ、九十九は上衣も着ずに、パジャマのまま歩けるのだが。

庭の雪にも、足跡がつく。されど、その痕跡《こんせき》はすぐに消えていった。

「シロ様」

やがて、樹の下まで辿り着く。

九十九は幹《みき》に触れ、佇んでいる影に声をかけた。

「あ……」

けれども、すぐ誤りに気がついた。

「人違いしてやがりますよ」

気さくに返したのは、シロではない。

精悍《せいかん》な身体つきのお客様——須佐之男命《すさのおのみこと》だ。

いつもは時代錯誤の丈が長い学ランを着ているが、今は湯築屋の浴衣に身を包んでいた。

そのせいか、よりいっそう、発達した大胸筋が強調されている。

天照大神の弟神だ。毎年、秋祭りの時期に湯築屋を利用する。昨年に続き、今年も年始まで滞在するとうかがっていた。

宿泊客である須佐之男命がここにいるのは、なにもおかしくはない。ただ、予想していなかったので驚いた。

パジャマ姿に加えて、シロの名前を呼んでしまったので、九十九は気まずくなる。

「も、申し訳ありません。お客様」

九十九が小さくなりながら頭をさげると、須佐之男命は快活な笑い声をあげた。

「いいってことですよ。俺を気にしなさるな！」

言いながら、須佐之男命は幹をバシッと叩いた。

須佐之男命は日本神話の代表的な神で、古事記には奔放《ほんぽう》な描写が多い。

伊邪那岐《いざなぎ》から生まれた三貴子《みはしらのうずのみこ》。それぞれ高天原《たかまがはら》を天照、夜之食国《よるのおすくに》を月読《つくよみ》命、海原《うなばら》を須佐之男命が治めるよう定められた。

しかし、須佐之男命は与えられた役目を放棄したばかりか、高天原で傍若無人な振る舞いをしてしまうのだ。そして、やがて姉である天照の岩戸《いわと》隠《がく》れの原因となった。

須佐之男命は高天原を追われ、地上におりたとされている。

その後は、櫛名田比売《くしなだひめ》を救うため八岐大蛇《やまたのおろち》を討伐する英雄的な側面を見せ、国津神《くにつかみ》の祖として活躍をしていく。

これが彼にまつわる古事記の大まかな記述だった。

二面性……というより、つかみどころのない神様だと、九十九は感じている。本人はサッパリとしていて、憎めない性分だ。なのに、彼に付随《ふずい》する逸話には一貫性がなく、どれが本当の顔なのか、わからない。

「いやさあ、こいつが元気かなって、様子を見たかっただけなんですよ」

須佐之男命は、湯築屋の樹を見あげた。

九十九も、釣られるように視線をあげる。

いつもここにある高い樹。今は、クリスマス直後だからか、千両の実が色をつけていた。夢と同じだ。季節が変われば、別の花の樹に変化するだろう。この辺りは、シロの匙《さじ》加減であった。

「この樹は幻……じゃないんですか？」

シロが作り出す庭の幻影だ。ここにあるものは、全部そうだ。

触れられるし、そこにある。されど、決して実在しないまやかし。

それなのに、須佐之男命は、まるで命があるかのように樹を示した。

「半分はな」

半分？ 九十九には意味がわからず、首を傾げた。

「元の木は、俺の髪だったからさ。庭の幻に紛れていやがりますが、他にも何本か植えてやったんですよ」

須佐之男命の体毛を抜くと、木に変わるという逸話がある。それを子である五十《いそ》猛《たけるの》命《みこと》たちに命じて、日本中に植樹したとされていた。

神話からも多面性が見られるが、彼は暴風や製鉄、戦い、厄除《やくよ》けなど、様々な側面を持つ神として祀られている。

多くの逸話が存在し、また、多くの国津神の祖であった。

須佐之男命が、湯築屋にも樹を植えていたなんて、九十九は今まで知らなかったことだ。

毎年来ている神様なのに。

改めて、九十九は樹に近寄る。

触れると、冷たくて表面がゴツゴツとしていた。九十九が触っただけでは、生きているかどうかなんてわからない。

ただ、目を閉じて集中する。

そうすると、わずかながら神気の流れを読みとれた。

シロの神気……だけではない。ほんの少し、須佐之男命の神気が流れている。

「本当ですね……」

須佐之男命が嘘《うそ》をついているとは思っていなかったが、九十九はつぶやきながら目を開ける。

「ここは、寂しかろうと思いましてよ」

それは……シロを示しているのだろうか。それとも、天之御中主神だろうか。あるいは、両方か。

結界に囚われた、この空間を表現しているのだけは、わかった。

彼は粗暴で奔放な振る舞いが多い神様だ。一方で、こうやって他者を思いやることだってある。姉の天照のことも、彼はとても好きなのだと思う。

だからこそ、九十九には引っかかる。

「須佐之男命様は、どうして……高天原を追放されてしまったんですか?」

いきさつは知っている。

だが、その過程を聞きたかった。彼がどういう思いで行動し、追放されるに至ってしまったのか。

須佐之男命が高天原で働いた行いは、身勝手とも言えた。

彼は海原の神としての任を放棄し、伊邪那岐の怒りを買っている。そのあとにも、母神のいる根の国《くに》へ向かう前にと、高天原へ立ち寄ったのだが……天照は、これを須佐之男命が攻め入ってきたのだと勘違いし、武装して応じたという。

須佐之男命は、自身の無心を証明するため、誓約《うけひ》を行い、宗像三女神《むなかたさんじょしん》を生んだ。

身の潔白が証明された須佐之男命だが、高天原の田の溝を埋めたり、天照の御殿を穢《けが》したりするなどの横暴をくり返した。

神々は須佐之男命を咎《とが》めようとしたが、天照は弟神を庇《かば》って許したという。それにもかかわらず、今度は機織りの最中に、屋根を突き破って馬を投げ入れられてしまう。ついに天照は須佐之男命を庇い切れなくなり、天岩戸《あまのいわと》に隠れたのだ。これが、岩戸隠れの原因とされている。

天照は神々の尽力によって、岩戸から引き出された。そして、須佐之男命は高天原から追放され、地上の国津神となったのだ。

たしかに、須佐之男命は奔放な神である。湯築屋にいる彼は、悪気ないが空気が読めない性分だった。

しかし九十九には、何度も天照を困らせ、岩戸隠れに至らせるような神には思えないのだ。

天照だって、須佐之男命を好いている。むしろ、弟神に甘すぎて、シロからは「ブラコン」などと称されていた。

どうして須佐之男命は、わざわざ天照を困らせたのだろう。何度も改める機会はあっただろうに。

「そりゃあ……まあ」

須佐之男命は、苦笑いしながら髪を掻《か》いた。

「若気の至りってヤツですよ。いやあ、俺も若かった！」

誤魔化《ごまか》し方が露骨すぎるが、「言いたくない」というのが、充分すぎるほど伝わってくる。九十九はすぐに言葉を返せなかった。

「あのころは、俺も短気だったからよ。姉上様も、そうとう困ってやがったことでしょう。しょうがねぇんです。人間の命は短い。俺らに御心を砕きなさるな。もう過ぎた話でやがりますよ」

須佐之男命は言いながら、くるりと踵《きびす》を返す。湯築屋へ戻っていくようだ。

九十九には、それ以上追及できない。お客様が望んでいない話を続けるつもりはなかった。

「若女将様、残り数日もよろしくお頼みしますよ」

須佐之男命は、軽く手をふりながら去っていった。

「はい。こちらこそ……」

その背を見送るように、九十九は立ち尽くす。

幻影の雪が、風もないのに舞っていた。

4

なんとなく、予想はしてたんだけどさぁ……。

九十九の息は重かった。

燈火と天照に、穴場の映えスポットはないかと迫られ、あれこれ考えた。だいたい道後温泉界隈は、一日、二日あればめぼしい観光スポットを網羅できる。

燈火はともかく、湯築屋に長期連泊するのが常の天照は、道後を知り尽くしていると言っても過言ではない。そもそも、燈火だって道後を歩きはじめたのは最近だが、「映え」についての感度は九十九よりも高かった。

そんな燈火や天照が満足しそうな場所を選ばなければ……プレッシャーを感じながら、九十九はいくつか候補を出した。

そして、採用されたのが宝厳寺《ほうごんじ》である。

上人坂《しょうにんざか》をのぼったところにある寺だ。時宗《じしゅう》の開祖、一遍《いっぺん》上人生誕の地とされている。

道後温泉本館からは、さほど離れていない。だが、アーケード街などと比べると、人通りはグンッと減ってしまう。穴場と呼べる立地だった。

時宗とは、鎌倉時代末期に興《おこ》った浄土教の一派だ。

平安時代までの仏教は、公家《くげ》のものだった。しかし、鎌倉時代に入ると、一気に公家から武士の社会へと移る。仏教もその流れにのり、武士から民衆へと伝わっていった。その過程で、より広く受け入れられやすい形へと信仰が変化したのである。

念仏によって救われるという時宗の教えは理解しやすく、一遍上人の遊行《ゆぎょう》の甲斐あり、人々の間へと広まった。

とくに、時宗は鉦《かね》や太鼓を鳴らしながら念仏を唱える「踊り念仏」が有名だ。見世物としての側面も強く、当時は保守派から批判も受けていた。

踊り念仏は形を変え、やがて、盆踊りの起源となったとも言われている。

「やっぱり、九十九さん綺麗……」

パシャリと、シャッターを切る音。

一眼レフのレンズから、燈火が顔をあげた。ふわふわのポンチョをまとった天照も、満足げに九十九を撮影している。

「なんで、被写体がわたしなの！」

九十九は声を大にした。

落ちついた深紅《しんく》の着物に、鮮やかな蒼い羽織り。足元はブーツにしているおかげで、寒さはそこまで堪えない。ただ、湯築屋の中と違って、吐息は白かった。和傘を持つ手もかじかんで、感覚がない。

辺りには、薄《うっす》らと雪が積もっている。

温暖で降水雨量が少ない瀬戸内海《せとないかい》式気候の松山には、あまり雪が降らない。積雪一センチであっても、かなりのレアケースだ。

湯築屋での雪は見慣れているが、松山にとっては貴重な積雪だった。雪になるとはしゃぐ人もいる。京などが、その類《たぐい》の人間だ。単に通勤難易度があがるだけなので、嫌がる人も多いのだけど。

「だって、わたくし宝厳寺は初めてではございませんし」

燈火と一緒に、天照がにっこりとデジタルカメラを持ちあげた。燈火の勧めで新調したらしい。アルバイトでお小遣いを稼ぐ燈火よりも、何倍もいいカメラだと話していた。さすがは、やり手の神様。

「天照様と一緒に……九十九さんをゆっくり撮影できる場所がいいって、話してたんだよね……」

「最初から、わたしを生贄《いけにえ》にするつもりだったんだね……」

「い、生贄なんて！　ボクは九十九さんを撮れるなら、どこでもよかったよ」

「言ってる意味が変わってないよ」

やはり、燈火と天照にとって宝厳寺も目新しいスポットではなかった。それは承知していたことだ。

最も重視されたのは、人通りが少なくてゆっくりと撮影できるという点である。宝厳寺は、道後温泉本館などに比べると参拝客が少なく、雪も踏み荒らされていない。雪景色に佇む九十九を、思う存分、撮りまくれるという寸法であった。

「うう……おかしい」

カメラのフラッシュを浴びながら、九十九は肩を落とす。

天照たちは九十九にオススメを聞きたかったのではない。九十九を被写体に撮影会をするという算段だったのだ。燈火に最初からその気はなかったかもしれないが、少なくとも、天照はやる気満々だったのだろう。

家を出ようとした九十九に、「着物でいらっしゃいな」と、天照から笑顔の圧を向けられたときのことを思い出し、背筋が凍る。あれは断れる雰囲気ではなかった。

「謀《はか》られた」

あきらめるしかない。

しかしながら、景色は最高であった。

宝厳寺は斉明《さいめい》天皇の勅願《ちょくがん》によって、飛鳥時代に創建された寺だ。宗派は時代によって変わったが、現在は一遍上人が興した時宗となっている。

歴史ある寺だが、平成に入って、火災で本堂と裏庫《くり》が全焼してしまった。所蔵されていた重要文化財も焼失し、大損害を被る。

今の本堂と、一遍上人堂は再建されたものだ。ゆえに、歴史の長さの反面、全体的に新しい雰囲気が漂っている。

山門だけは火災を免れており、愛媛県指定史跡となっていた。大きな銀杏《いちょう》の木も圧巻で、秋になると目が冴えるような黄色が山門を彩《いろど》る。

ここから見る夕陽が美しいのだと聞いて、九十九は候補に選んだ。情報元は、仲居頭の河東碧《かわとうみどり》である。やはり、年長者のお勧めは間違いがない。

宝厳寺へ続く上人坂は、閑静な雰囲気の住宅が並んでいる。が、以前は歓楽街であった。夏目漱石《なつめそうせき》の『坊っちゃん』でも言及され、正岡子規《まさおかしき》も俳句に詠《よ》んでいる。二〇〇七年まで、朝日楼《あさひろう》という遊郭《ゆうかく》の建物が残っていた。

九十九は雪化粧をした山門から坂を見おろす。

この景色は、時代を経て何度も様相を変えている。けれども、ずっと存在し続けているものでもあった。

常に在り方が同じの湯築屋とは違う。

「これ！」

不意に、本堂から声が聞こえた。語気が強く、怒鳴られているような気分になる。燈火はカメラを持ったまま硬直し、背筋を伸ばしていた。

九十九がふり返ると、見覚えのある姿が、こちらへ歩み寄ってくる。

「ああ、一遍上人」

九十九は何度か会っているので、すぐにわかった。というより、だいぶ特徴的な服装なので、間違えようがない。

一言で表すと……ファンキー？　ロック？

雪の白さを跳ね返す黒い革のジャケットがギラギラした印象だ。袖口からのぞく手は痩せているのに、ごつごつしたシルバーのアクセサリーのせいか、見窄《みすぼ》らしさはない。

大きなレンズがはまった真っ黒いサングラスによって、表情は隠れてしまっている。けれども、口元は気さくに笑みを描き、好意的な雰囲気が伝わってきた。

一遍上人は、斜めに被ったキャップを軽くとりながら、手をふる。ニヤリと唇の片方をつりあげて笑う仕草は様になっていて、かっこよさも感じた。

「駄目、駄目。全然なっとらんわ！」

けれども、一遍上人は再び大声をあげる。嗄《か》れているが、張りがあってよく通る声だ。

歌えば人を魅了するだろう。

九十九だけでなく、燈火も、キョトンとしてしまう。

天照だけが、優雅に笑っていた。

「あら、わたくしですか？」

天照が答えると、一遍上人は「そうそう！　アンタ！」と、うなずいた。

怒っている、というわけではない。

「ここはな……この角度がええんじゃ」

一遍上人は荒っぽく言いながら、天照の一眼レフを奪う。かなりお高いらしいので、丁重に扱ってくださいと口にしかけたが、当の天照が気にしていない素振りであった。

一遍上人がカメラの位置を示し、天照と燈火が液晶画面をのぞき込む。

「な、なるほど……エモい」

燈火が感嘆の声を漏らしていた。

「ど、どうなってるんです？」

九十九もカメラの画面が気になって問う。だが、一遍上人から「アンタはポーズとるんやぞ！」と、怒鳴られてしまった。

九十九は苦笑いしながら、和傘を差して背筋を伸ばす。九十九などよりも、天照を撮ったほうが、遥かに映えるだろうに。彼女は、どのような姿にだってなれるのだ。

「もうええぞ。こい、こい」

やがて、一遍上人の許可がおりたので、九十九は山門から離れた。

一遍上人は言い方がやや荒々しくて砕けているが、面倒見が非常にいい性分だ。それを九十九もわかっているので、安心して会話ができた。

「なるほど……」

撮影した写真を見て、九十九は燈火と同じ反応をしてしまった。

雪化粧した山門は、それだけで美しい。

だが、撮影の角度を変えることによって、印象が様変わりしていたのだ。

一遍上人の写真は、山門そのものではなく、向こう側に広がる景色を主役にしている。山門が、言わば額縁のように表現された構図であった。さながら絵画で、燈火の言葉を借りるなら、「エモい」だろう。

「ほーら、これが最近流行りなんじゃ。ええ景色じゃろ?」

一遍上人が示すとおりだった。

上人坂の先に建つ寺という立地もいい。遠景に広がる街並みが、絶妙な奥行きを出しているのだ。そのせいか、山門の向こう側が直接、空へと通じているかのような切り取られ方になっていた。

日本的な景色でありながら、非日常の空間を演出できる。

実物と写真は、印象が乖離《かいり》している場合が多い。一方、これはむしろ写真であることを、存分に利用していた。

必ずしも、実物が一番いいというわけではない。いや、実物だっていいものだ。山門そのものは古くて趣がある。けれども、この写真は、山門の新しい価値を教えてくれる気がするのだ。

考え方を改めさせられて、九十九は思わずうなる。

「で、九十九さん」

「なに？」

燈火に小声で耳打ちされる。

「このおじいちゃん、誰？」

「一遍上人だよ」

さっき、名前を呼んだ気がするのだけど……九十九は苦笑いしながら説明した。

「ボ、ボク、日本史が苦手で……ごめんなさい」

日本史の受験勉強をしていれば、おそらく暗記した名前だ。しかし、受験をしていたのは一年近く前の話である。歴史学科の専攻でもない限りは、苦手科目なんて忘れているものだろう。

「いいんじゃねぇかな」

当然のように、九十九と燈火のやりとりは本人にも聞こえていた。

だが、一遍上人は、まったく気にしていない様子だ。気さくに明るい表情で、右手をふった。

「盆踊りのじいさんとでも、呼んどくれよ」

彼が盆踊りをはじめたわけではないので、その雑すぎる呼称もどうかと思う。というか、本当にそれでいいのだろうか。

「わ、わかりましたッ！　盆踊りのおじいさん！」

「おうさ」

けれども、燈火には響いたようだ。「盆踊りのおじいさん、優しい」と、安心した表情を浮かべていた。

まあ、本人がいいなら、いいかぁ……。

「わしは、有り難がられるのが苦手じゃ」

一遍上人は、民の間に仏教を広めるため、全国遊行していた。そして、誰でも極楽浄土へ行けるようにと、念仏を唱えれば救われるという教えを説いたのだ。踊り念仏も、広く伝わりやすいようにと工夫された信仰の手段である。

そんな一遍上人にとっては、形式張った礼儀は無意味なのかもしれない。九十九が小さいころから、接し方が変わっていなかった。

「ここの景色も、じゃんじゃん拡散してくれのう。昔のギラギラ感はないが、捨てたもんじゃないだろう？」

一遍上人は山門の下に立ちながら、上人坂を見おろした。サングラスを外し、しわの刻まれた目元を細める。

「わしは、どっちも好きじゃから」

かつては道後にあった遊郭も、ネオン街も、すでに存在しない。住宅や駐車場が並び、面影は残っていなかった。

「今は……なにが、あるんです？」

素朴な疑問を口にしたのは、燈火だった。だいぶ緊張が解けたみたいだ。一遍上人に、すぐ懐いていた。

「ほれ。あそこに基地があるじゃろう？」

基地、と言われたのは、山門のすぐ下にある円形の建物だった。三角屋根を、やわらかい木目の柱が支えている。

「秘密基地みたい……」

燈火がぽつんとつぶやいた。

周囲の民家と比べると、たしかに異質な雰囲気だ。秘密基地とでも称したくなるのは、よく理解できる。

が、あれは秘密基地ではない。

「ちっちっちっ、ひみつジャナイ基地じゃい」

一遍上人は軽妙な口調で、建物の名称を説明した。

ひみつジャナイ基地は、道後温泉と現代アートのコラボプロジェクトの一環で作られた施設だ。オープンスペースの交流拠点となっており、様々なイベントや講演会、ギャラリーとして使用できる。ワークショップなど体験型イベントも、頻繁に開催されていた。九十九も告知を何度も目にしている。

「坂の下でやった、ギャラリーは覚えてるかい？」

問われて、九十九はうなずいた。

「覚えていますよ」

期間限定で二年間催されていたギャラリーイベントだ。

商店の倉庫を丸々一つ貸し切って、障がい者施設の利用者が制作したアートを展示していた。ほかにも、商店街のシャッターや、窓などを使用して、多彩な方法で街中を美術館のようにしていた企画である。

倉庫に飾られた絵画や工作は、どれも様々な視点を持っており、興味深かったという思い出だ。同じものを描いていても、人によって見え方や塗り方が異なるのだと、感心させられた。今でも、一部の展示が残っている。

一人のアーティストによらない、いろいろな作品。多様性に富んだ発想の集まり。見る人々の楽しむ姿。

「ギャラリー……か」

九十九は、つい考え込んでしまう。

なにか頭の端で、引っかかっている。もやもやしたつっかえが、なにかと結びつこうとしていた。でも、漠然としていて形にならない。

とてもあいまいで、気分がすっきりしなかった。

なん、だろう……。

「いろんな盛りあげ方がある。今度はアートが身近になれば、ええのう」

隣で、そう語る一遍上人は嬉しげだった。

九十九は、逸れていた思考を一遍上人に戻す。今は、彼と話しているのだった。私事など、あとで考えよう。

一遍上人の踊り念仏は、当時としては型破りで、保守派からも批判されている。けれども、一部の人間だけの信仰であった仏教を、広く民に知らしめた。形は整っていなかったかもしれないが、そこは彼にとって大事ではないのだ。

何事も高尚なものとして崇めず、身近な存在であってほしい。それは、彼が生きている間からのねがいなのだろう。

信仰も、アートも。その点では、一遍上人の考えは一貫している。

「やはり、人の考えることは興味深いですわね。これも、一瞬の輝きに必要なエッセンスでしょうか」

天照がクスリと笑う。

一遍上人は天照たちと同じ神の立場だ。

いや、厳密には違う。

一遍上人は仏に当たる。

信仰を集めて神と成った存在と、信仰の果てに仏へ至った存在。こうして、九十九の前で話す彼らは似たような存在ではあるが、明確に神と仏は区別されるのだ。鬼が神気と瘴《しょう》気《き》を併せ持つのに、神ではないのと理屈は類似していた。

その成り立ちの違いから、考え方には差があるのだろう。天照は、それを「興味深い」と評価している。

「あ、空……」

ふと、燈火が声をあげる。

松山の空からは雪がふっていた。しかし、同時に西の空には雲の切れ目ができ、オレンジ色の太陽が薄らと姿を現している。

燈火がカメラを構えるのを察して、一遍上人がスッと山門の柱に隠れた。

九十九もさがろうとしたが、「若女将はそのまま傘を差してくださいな」と、天照からの指示が飛んでくる。はい、すみません。わたしモデルでしたね。

燈火たちが満足いくまで撮影したあとで、九十九はじっくりと山門から夕陽をながめる。

スマホを取り出し、さきほど、一遍上人から教えてもらった角度で写真を撮った。四角い山門に、夕陽が切り取られているかのような構図が美しい。雪の白とのコントラストも絶妙であった。

同じ夕陽なのに、場所や角度が少し変わるだけで、こんなにも違った印象になる。

昨日見た幼いころの夢だって、そうだ。夢とはいえ、背丈が変わると、湯築屋やシロが別物に感じられた。

シロ様にも、あとで写真見せてあげよう――。

「そういや、お前さんたちには捨てたいものは、あるのかね？」

夕陽の撮影が一段落して、辺りが薄暗くなった頃合い。一遍上人が問いかけたので、九十九は首を傾げる。

「さっき食べた飴の包みが……」

燈火はひかえめに言いながら、ポケットを探りはじめる。たぶん、そういう話ではないと思う。

「それは、ボケってやつかい？　あっちの屑籠《くずかご》に捨ててきな」

「あ、はい……」

おそらく、燈火は本気でボケていたのだが、一遍上人はサラリと流した。燈火は、自分の返答が的外れだったと気づいて、恥ずかしそうにうつむく。

「まあいい。これは、うちの新名物じゃが」

と言って、一遍上人が燈火に差し出したのは、一枚の紙であった。捨莉紙《しゃりがみ》だ。

一遍上人は、「捨聖《すてひじり》」とも呼ばれていた。その呼び名に掛けて、「捨」という字を冠している。

捨莉紙に、心の執着を書いて捨てるというコンセプトだ。紙を水で洗うことで、自分自身を見直し、原点に立ち返るきっかけとなるように。

社務所の目と鼻の先に、紙を洗う手水舎《ちょうずや》も用意されている。こちらのデザインも、オンセナートの一環で、銀色の斬新な作品になっていた。近づかなければ、手水舎であると気がつかない。

「捨てたい執着……ライブのチケットとれなくて、悔しかったこと、とか……」

捨莉紙を受け取りながら、燈火が考え込んでいる。

「そうじゃ、そうじゃ。いい感じの煩悩《ぼんのう》持っとるな。よし、潔く捨てちまおう。書け、書け！」

「は、はいぃっ！」

一遍上人にうながされて、燈火は戸惑いながらも、ボールペンを動かしている。

「そ、そんな簡単に、煩悩って捨てられるんですか……？」

「無理じゃな！ でも、形から入れば、案外上手くいくこともある、かもしれん！」

一遍上人は、燈火の肩を叩き、「さあ、洗ってこい」と背を押している。燈火はコクコクとうなずきながら、手水舎へと向かっていく。

二人のやりとりが、孫と祖父みたいな雰囲気で、ちょっと微笑ましかった。面倒見のいい一遍上人にとって、燈火は放っておけない子なのかもしれない。

わたしも、なにか書いておこうかな。

九十九も捨莉紙をいただこうと、寺務所へ歩く。とはいえ、とくに書きたい内容は思いつかなかった。どうしよう。こういうのは、考えているときが楽しい。

「そういえば、若女将」

しかし、天照から呼び止められた。

九十九がふり返ると、天照は少女の顔に、慈愛に満ちた笑みを湛える。

「どうですか。その後、稲荷神とはなにか進展はございましたか？」

「し、進展って――」

九十九は、さっと目をそらした。

一瞬で、シロと唇を重ねた記憶が蘇《よみがえ》ってきて、それだけで恥ずかしい。九十九とシロは、高校のころまでと同じ関係のようで、確実に変わっている。

天照は、シロに妙なことを吹き込んで楽しんでいる節があった。あまり多くを語ると、また格好のネタを与えてしまいそうだ。ここは、なんとか誤魔化しておきたい。

「別天津神《ことあまつかみ》は、あなたになにか言いましたか？」

「………………！」

期せずして、天照の口から出てきたのは、天之御中主神のことだった。

九十九は、はっとしながら天照に向きなおる。

「お戯れが好きな神だから。困っているのではないかしら？　大丈夫ですか？」

天照の言葉に深刻さはない。

ただ事実を優しげに述べているようだった。

天照は、天之御中主神の性質をよく理解している口ぶりだ。

「わたしを、ご自身の巫女にしたいと……断りましたけど」

天照に嘘をつく必要はないので、九十九は正直に答える。

すると、天照は両の目を見開きながら、口元に手を当てた。

「それはまた、どうしてでしょう。人の身であれば、別天津神の巫女は魅力的ではないのですか？　詳しく聞かせてくださいな？」

その表情があまりにキラキラしていたので、九十九は尻込みしてしまう。

天照にとって、九十九の選択は異様で、同時に興味を引かれる内容のようだ。純粋に、九十九が天之御中主神の提案を拒否した理由を知りたいのだろう。

天照は湯築屋に長く滞在しており、人間の考えに理解を示している神様だ。しかし、それでもわからない、いや、それだからこそ、九十九の答えが聞きたいようだった。

理解できないから、理解したい。純粋な好奇心だけが、天照の目には浮かんでいた。

「わたしは、湯築屋を人と神様の架橋だと思っています。だから、わたしは人でいたい。神様に、ずっと人を見守っていてほしいんです」

おおむね、九十九が天之御中主神に返したのと同じ答えを、くり返す形となった。

天照は目を輝かせたまま、九十九を見据えている。一歩、二歩と、九十九の前へと近づき、顔を寄せた。

「愚かしいですわね」

表情も、声音も、なに一つ変わっていない。優しげな空気を保った状態で、天照は九十九を否定した。

一瞬、背筋がぞわりと粟立《あわだ》つ感覚。

「無意味でしょう。人ひとりが、神《わたくしたち》になにを与えられると？　思いあがりも甚《はなは》だしいところですわね」

そうだと思う。

九十九は天照の言葉を、心中で肯定した。

九十九の選択は、勘違いの激しい妄言だ。理想ばかりを唱えて、なにも力が伴っていない。天之御中主神からも、面の皮が厚いと評された。

わかっていることだ。こうやって、天照に言われたって、ショックは受けなかった。

だから、九十九はうつむかない。

まっすぐに天照へ視線を返す。

天照も、応じるように九十九から視線をそらさなかった。

「ですが」

そっと、天照は九十九の頬に手を触れる。

冬の寒さなど微塵も感じさせない、温かでやわらかい手であった。

まるで、太陽。

彼女の有り様を象徴するような温かさが、胸の奥へと入り込んでいく。心の傷を甘美に愛撫するみたいに、どこまでも優しい。このまま身も心も委ねてしまいたくなる熱だ。

「あなたらしい」

やはり天照は優しげに、九十九の頬から髪へと指を滑らせる。

「稲荷神は、そういうところを愛《め》でているのでしょうね」

九十九にだって、正しい選択なのかわからない。

でも……そうだ。

シロはきっと、人である九十九を好きでいてくれている。

なら、シロの望む九十九のままでいたかった。

「愚かで、無意味で、実に人らしい。だからこそ、輝かしいのですわ。わたくしたちには、この一瞬の光は出せませんもの」

天照はいつも湯築屋の部屋にこもり、アイドルを推している。彼女にとって輝かしい存在——永遠を生きない、人間の短い時間を使い、存分に輝こうと足掻《あが》く人間だ。天照はそこにこそ輝きを見出し、愛でる価値があると判断している。

太陽の色を宿した瞳に、魅入られそうだった。

無垢《むく》で可憐《かれん》な少女の姿なのに、慈愛に満ちた母の愛を内包している。それでいて、甘やかな蜜のごとき魔性を併せ持っていた。見つめれば見つめるほど、逃げられなくなり、虜《とりこ》にされそうな恐怖がある。

なのに、九十九は口を開いていた。

「わたしは……シロ様を幸せにしたいです。天之御中主神様と話しあってほしくて……いつか果たすと、約束をしました」

待つのは慣れている。

九十九は、いつもシロが歩み出るのを待ってきたのだ。また一つ、約束が増えただけである。

天照は微笑んだまま。やはり、「愚かしい」と思っているだろう。だが、女神は九十九に否定の言葉を発しなかった。

「そうですか」

天照は九十九から手を離す。

緊張していたのだろうか。九十九の身体中から力が抜けて、冷や汗を自覚した。遅れて、身体の冷え込みを感じる。

「わたくし、お手伝いしましょうか？」

「え？」

手伝い？　九十九は首を傾げた。

「若女将は、稲荷神になにかしてさしあげるつもりなのでしょう？　さきほど、考えごとをしていらっしゃったから。案があるのでしょうか？」

一遍上人と話をしていたときのことを示している。

そうだ。あのとき、九十九はなにか思いつきそうになった。けれども、上手く考えがまとまっていない。

シロに、なにか……。

天照の問いに、九十九は言葉を詰まらせる。頭の端で引っかかっている案と、寂しげなシロの顔が交互に浮かんだ。まだ案とも言えぬ、あやふやな考えである。今すぐに、口で説明できる状態でもなかった。

「考えがまとまっていなくて……」

　率直に告げるが、天照は笑みを絶やさない。

「拙《つたな》くとも、口に出すと整理されてくるものですわ」

　そういうことも、ある。たしかに、天照の言葉には一理あった。

　九十九はなにも定まらぬ考えを、ぽつぽつと吐き出すことにする。

「外でシロ様と、同じものを見ていても、視点が違っている気がして……」

　まったく同じ景色があっても、九十九とシロには見え方が異なっている。そのズレを、なんとか埋めたいと感じていた。

「それは、神と人ですもの。致し方がないこと……ですが、そこを変えたいとねがう若女将の心は、美しいですわね。好きよ」

　そう。九十九とシロは、同じものを見られない。

　天照の言うとおり、仕方がなかった。

　それでも……それでも……。

「さきほど、考え込んでいたのは、そのことですか？」

「ええ、まあ……」

　燈火の写真や、一遍上人の話を聞いて、あやふやな答えが繋がりそうになった。けれども、決定的になにかが足りない。点と点を繋ぐ線。なにを、どうしたいのかという方法がなにも浮かばないのだ。

　天照の言葉は、まるでそれらを繋ぐために、誘導してくれているようであった。

「同じ景色ですか……感情を共有するなら、推し活などいかがですか」

「お、推し活……？」

「一緒にコンサートの映像を見る、とか。会場では、席によって見え方が異なりますが、映像なら共有できますわ。最近は様々な工夫がされていて、いろんな角度から推しを映してくれますのよ」

　天照の喩《たと》えは独特だが、言いたいことはわかる。九十九はコンサートなど行かないので、音楽番組の映像を思い浮かべた。

「あ……」

　しばらく考えていると、頭に立ち込めていた靄《もや》が晴れ、パッと光の柱が浮かびあがる。靄に隠されていた点と点が、一本の線で繋がったみたいに、九十九の中で形となっていった。

「妙案を思いついたのですね」

　九十九の表情を見て、察しがついたのだろう。天照は笑い声を転がした。

「はい。天照様のおかげです」

　九十九は嬉しくなって、大きくうなずいた。

「なにをするおつもりですか？　教えてくださる？」

天照は耳を片向ける。内緒にしてあげるから、話してみろと言いたげだった。

わざわざ耳打ちさせるのは、そこらで見ているであろう、シロの使い魔への配慮もありそうだ……どうせ、耳打ちしたって、聞こえているのだけれど。

九十九は腑《ふ》に落ちない気がしながらも、天照にそっと計画を告げる。

天照の耳に唇を寄せるのは、少しばかりドキドキした。居候《いそうろう》に近い常連客とはいえ、やはり神様だ。触れるのも憚《はばか》られるような瑞々《みずみず》しい肌艶や、しなやかな黒髪、どこをとっても人間とは別種の美しさである。

「――――」

九十九は天照に案を告げ、顔を離す。

天照は嬉しげに両手をあわせた。

「まあ！　素敵ではありませんか！　それならば、しっかり準備しなくてはなりませんね。なおさら、わたくしもお手伝いします」

天照は頬を紅潮させ、九十九の手をとった。

「お、お手伝いだなんて。こんな個人的な話に、お客様をつきあわせられませんよ……！」

「日頃のお礼ですわ。気になさらないで」

たしかに、計画するからには、早く準備したかったので、手は多いほうがいい。猫の手、ではなく、神の手を借りるのは贅沢《ぜいたく》かもしれないけれど。

天照はお客様だ。

けれども、彼女の厚意も大事にしたい。

「じゃあ……おねがいします」

お客様に手伝わせるのは気が引けて、九十九の声は小さくなってしまった。

「おまかせくださいな」

一方の天照は、楽しげに胸を叩く。

「今は客ではなく、友の一人とでも思ってくださいませ。遠慮はご無用です」

天照の言葉は、力強くて頼もしい。

一瞬で心が惹《ひ》きつけられて、離さない魅力があった。

だから九十九も、天照をすっかりと信用してしまった――。

5

「よし。やりましょうか」

声に出すと、無駄に気合いが入った。

九十九は工作道具と、経理用のノートパソコン、プリンターなどなど一式を、客室の一つに運び込む。

湯築屋の端にある石鎚《いしづち》の間だ。

「九十九、なにをするのだ?」

計ったようなタイミングで、シロが出てくる。どこからわいてきたのか、神出鬼没。いつものことなので、九十九は大して反応せずふり向いた。

シロは犬みたいに尻尾をぴょこぴょこふっている。耳の動きも忙《せわ》しなく、期待しているのは明らかであった。

「内緒です。シロ様は見ないでください」

シロが現れるのはわかりきっていることだった。湯築屋はシロの結界に守られている。ここでの出来事を、シロはすべて把握していた。

シロと湯築屋の結界は同一の存在だ。常時、監視カメラがフル稼働して、情報として頭に入っている感覚らしい。

九十九がなにかしようとしているのなんて、筒抜けである。

「サプライズか? 儂へのサプライズなのだな⁉」

シロはわくわくと声を弾ませながら九十九に迫った。顔が近い。

「意味ないので、見ないでくださいよ……」

事前にサプライズすると告げるのも、どうかと思う。けれども、シロに関しては、「見るな」と言わなければならない。

「だいたい、宝厳寺でも盗み聞きしてたんじゃないんですか?」

シロは常に、使い魔で九十九の様子をうかがっている。宝厳寺での天照との会話だって、聞き耳を立てていたに違いないのだ。そう思うと、この態度はちょっと白々しい。

「否……聞かせてもらえなかったから、こうやって聞いておるのだ」

「はい?」

聞かせてもらえなかった?

シロの言わんとすることがわからず、九十九は眉根を寄せる。

「まあ、よい。楽しみは秘されたほうが面白いからな。で、九十九。儂はどうすればよいのだ? 待っておればよいのか?」

九十九の疑問を他所《よそ》に、シロは勝手に話を進める。

「そうしてもらえると、ありがたいです」

「あいわかった。ならば、儂は見ぬ」

シロの「見ない」は、情報を遮断する行為だ。常時起動中の監視カメラの一台を止めるようなものである。と、九十九は理解していた。

「本来は、あまり多用せぬほうがいいが、九十九の頼みは断わらぬ」

「防犯上のお話ですか？」

「そうだな……実際には一部屋分、儂の干渉を弱める行為だからな。視覚だけの問題ではないのだ。権限そのものを緩める」

今まで、カジュアルに「見ないでください！」と言っていたけれども……考えてみれば、シロの結界内なのに、なにが行われているのか把握できないのは困る。そこだけが、ごっそりと結界の「穴」になってしまうからだ。

結界の内側なのに、シロの権限が弱まる。たしかに、多用はよくない。

「まあ、結界へ入る時点で、敵意のある者は排除しておる。とくに問題はなかろうよ」

そもそも、湯築屋にはシロを害そうと考えるお客様は来ない。湯築屋の性質上、この前提があった。

だからこそ、シロも気軽に承諾するのだ。

「お話は終わりましたか？」

石鎚の間から、天照が歩み出た。十二単ではなく、可憐な白いワンピース姿だ。今回は九十九を手伝うため、ワンピースのうえから割烹着《かっぽうぎ》も着ていた。

「天照も、一緒なのか？」

天照を見おろして、シロが問う。

「ええ。若女将のお手伝いです……わたくしが一緒では、不都合がございますか？」

今の今まで楽しげだったシロの表情が、一瞬だけ動いた。曇るというほどではない。気に留める必要もないほどの些事《さじ》だ。

「否……不都合はない」

シロは否定し、首を横にふる。

だから、九十九もとくに疑問を持たなかった。

「では、若女将はお預かりしますね」

天照はふわっと笑い、九十九の手をにぎった。何気ない動作なのに、掌の温かさが心地よい。少女の見目に反した母性に、自然と心が落ちついた。

「うむ」

シロは承諾し、うしろへ一歩さがる。藤色の着流しをまとった身体が、すうっと空気へ溶けるみたいに消えていく。

「さて。お邪魔虫の承諾を得られましたわね。ここからは、わたくしたちだけの世界ですわよ」

「天照様、言い方がちょっと誤解を招きそうなんですけど」

「そうかしら？」

ふふ、と笑いながら、天照は石鎚の間へと入る。

九十九も、天照に続いた。

客室の木戸を閉める。

のぞき見禁止令まで出して、シロの視線を遮断したのだ。シロは期待に期待を重ねて、今も待っているだろう。そのうえで、驚かせなければならなかった。致し方がないとはいえ、サプライズの予告などするものではない。

手は抜けないいな。

「では、早速とりかかりましょうか」

張り切る九十九の傍らで、天照も声を弾ませる。

天照は工作道具を持ちながら、得意げだ。

「団扇《うちわ》作りで、工作は心得ております」

「そうでしたね」

連泊で引きこもっているように見えるが、天照はコンサートへの参戦も多い。歴戦の猛者の風格さえ漂っていた。頼もしすぎる。

「装飾なら〝ハグして〟や〝バキューンして〟辺りをお勧めしますが。モール飾りもございますので、派手に輝かしく参りましょう」

「そ、そういう装飾は結構ですから……！」

「よいではありませんか。ほら、スパンコールですわ」

「ぎ、ギラギラですね……」

九十九たちは、早速作業にとりかかった。

必要なデータをパソコンで出力して、プリントアウト。あとは、天照と二人でひたすら工作で加工していく。

ホームセンターや百円均一で素材を買い込んだが、この段階になって、「あれもあったらいいなぁ」、「こういうのも、ほしかったなぁ」と、浮かんでくるのが憎らしい。だが、もう今ある素材でがんばるほかなかった。

しばらくして。

「ようやく、終わりが見えてきましたわね」

二人で集中したおかげで、二時間と経たずに、作業の目途が立ってきた。

あとは散らかった工作物を片づけて、装飾の最終調整に入るだけだ。

「そうですね」

九十九は、一息つきたかった。集中力が切れてしまったのかもしれない。すぐには、工作道具をにぎる気になれなかった。

「天照様も疲れましたよね。甘いものでも食べますか?」

ちょうど、真穴《まあな》みかんがあったので持ってきていたのだ。

品種としては温州みかんだが、八幡浜《やわたはま》市の真穴地区という、特定の土地で獲れたみかんのみを示すブランドである。

真穴地区は、一〇〇年というみかん栽培の歴史を持つ。甘いのはもちろん、皮が薄くて食べやすいのが特徴だ。太陽の恵みをいっぱい凝縮した、濃厚な旨味を堪能できる。規格をクリアしたものは、一つひとつに真穴みかんのシールが貼られていた。

「わたくしは神ですから、おかまいなく」

疲れていないという意味だろう。しかし、いつもなら「いただきます」と返ってきそうな流れである。

九十九は若干の引っかかりをおぼえた。

気にするに値しない、些細《ささい》な違和感だ。

「でも、手伝っていただきましたから。天照様も食べてください」

九十九は、真穴みかんを天照の前に一つ置いた。太陽の輝きを封じ込めたみたいな橙《だいだい》色が美しい。

みかんを渡せば、天照だって食べるだろう。

そんな軽いノリであった。

「……なんですか？」

不意に視線をあげると、天照の顔が存外近くにあった。

迫っているとも言える距離だ。

天照のワンピースの裾が、九十九の顔に触れそうだ。ふわりと、鼻先をお日様みたいな臭いがかすめた。

「天照様」

九十九はとっさに、畳に手をついて後退《あとずさ》ろうとする。それは本能だろうか。とにかく、天照から離れたかった。

「逃がしません」

だが、九十九を追うように、天照が膝を折った。

太陽の色を宿した瞳と、視線が交わる。

「お手伝いしますと、申しあげたでしょう?」

「え?」

今、いろいろ手伝ってもらっている最中――そんな話をしているのではない。

目の前で不敵な笑みを浮かべる天照。

「シロ様――」

背筋に寒気が走って、九十九は無意識のうちにシロの名前を呼んでいた。けれども、直後、石鎚の間がシロの目から遮断されていることを思い出す。

とにかく、逃げなきゃ。

うしろへさがろうと、九十九は腰をあげる。

なのに、視界が徐々にぼやけてきた。
靄がかかり、はっきりとしない。
「わたくしに、輝きを見せてくださいませ」
天照は九十九の顔に両手を添える。途端に、身体から力が抜けていった。
あ、駄目……。
身体をうしろに傾けながら、九十九は手を伸ばす。
だが、その手をつかんだのは、助けではなく。
妖艶《ようえん》な魔性を浮かべた天照の腕で、九十九は意識を手放した。

姉・神代からの後悔

1

九十九の身の回りで起こる出来事ならば、シロはたいてい把握していた。

湯築屋内でのことはもちろん、外の様子も。だいたいは使い魔を用いて観察している。

遠くから見守っているが、会話もしっかりと聞こえていた。無論、九十九が「聞かないでください！」と言っているときは、配慮する。

「お手伝いしましょうか？」

「え？」

この日も、シロは使い魔で九十九の見守りをしていた。雪の宝厳寺での撮影会だ。

あーあ、儂も交ざりたい。SNSとやらでは、動物の写真も人気だというのに、何故《なにゆえ》、儂をモデルにしてくれないのだ。儂、可愛いであろう？

猫の姿で背伸びしながら、シロはそのようなことを考えていた。

といっても、シロ自身は湯築屋にいて、使い魔は目の役割だ。監視カメラが複数台あり、モニターをのぞくようなものだと、九十九には説明していた。ドラマの刑事物みたいで、かっこいいであろう。

「なにをするおつもりですか？　教えてくださる？」

天照と九十九が話している。

とくに「聞くな」とは言われていないので、シロは聞き耳を立てていた。

また楽しげなことをするらしい。しかも、シロのためときている。これは期待してしまうではないか。湯築屋で座っているシロの尻尾が、無意識のうちに揺れていた。使い魔の尻尾も揺れている。

「――――」

だが、不意に使い魔の視界が遮断されてしまった。

九十九たちの声も聞こえない。

シロは不審に思い、意識を集中させた。使い魔に、なにかあったのだろうか。

「まあ！　素敵ではありませんか！　それならば、しっかり準備しなくてはなりませんね。なおさら、わたくしもお手伝いします」

けれども、ほどなくして元通りになった。使い魔を通して、シロに視界も会話も共有される。

肝心な部分は聞き逃したが……。

一瞬、天照がシロの使い魔を顧《かえり》みた。

彼女の仕業だろう、と想像がつく。

シロに、わざと会話を聞かせないようにしたのだ。

サプライズというものを演出しているつもりなのか。とにかく、シロには九十九たちがなにをするつもりなのか、わからないままである。

注意を払うまでもない。

天照は常連客だ。大方、シロの期待感を煽《あお》って遊んでいるのだろう。その目論見《もくろみ》どおりに、シロは九十九の計画が大いに気になっていた。

九十九はなにをしてくれるつもりなのだ。早く知りたい。楽しみのほうが勝っている。

愛しい妻からのサプライズ。これだけで気分が高揚するではないか。

帰宅するなり部屋を貸し切りたいと言われても、シロは二つ返事で好きにさせた。

「なあ、なあ。聞きやがれくださいよー！」

多少は機嫌がいいので、シロは須佐之男命が騒々しく近づいてきても逃げなかった。

現在、九十九と天照が石鎚の間を占拠している。パソコンや工作道具を持ち込んでいたが、なにをしてくれるつもりやら。

楽しみすぎて落ちつかなかったところだ。退屈凌《しの》ぎに、須佐之男命の話を聞いてやることにした。

「今度はなんだ。また天照となにかあったのだろう？」

「俺がなにかしたみたいな言い方しやがるなください」

「大概、お前が悪いではないか」

「ぐ……」

縁側には、酒とお猪口《ちょこ》が並んでいる。

須佐之男命はシロの隣に座りながら、勝手に酒瓶を傾けた。手には、いつの間にかグラスがにぎられている。湯築屋の浴衣を着ているせいか、普段の時代錯誤感が薄い。

「良い酒なのだ。あまりもったいない飲み方をしてくれるなよ」

「俺が安酒ばっか飲んでそうな言い方しやがっていますか？」

「しておるなぁ」

「……さすがに、俺の心も傷ついてきやがった」

酒仙栄光《しゅせんえいこう》の大吟醸《だいぎんじょう》だ。果実のごとき甘露な口当たりでありながら、飲み口が淡麗《たんれい》であとを引かない。日本酒なのに、ワインのような感覚で楽しめる。松山市の酒として、八雲が仕入れてくれた。

とはいえ、あまり量は飲まないよう口酸っぱく言われている。シロには酔いが回らないため、限度がない。経費がとんでもないことになるのだと、いつも説教されていた。穏やかな顔をしていながら、八雲も碧も、なかなかシロに辛辣《しんらつ》だ。

「ともかくさ」

須佐之男命は日本酒を呷《あお》り、シロに向きなおる。

「こちら、姉上様の〝推し〟ってヤツなんですが」

須佐之男命が出したのは、雑誌であった。表紙のアイドルは、たしかに天照が推している人間である。

くるくるに丸まっており、端がボロボロだ。懐にでも入れて歩いていたのだろう。この有様を天照が見たら、それだけで叫び出しそうだ。本は大事にせよ。

しかしながら、これがなんだというのだろう。シロは腕組みしながら、首を傾げた。

「こういう顔が好きなんですかね。俺には、さっぱりよさがわからねぇんですが」

「まあ、儂のほうがカッコイイな」

「それはどうでもいいんですけど」

「お前は、儂の顔をどうでもいいと言ったか」

「はあ……まあ」

「否定せぬのか」

「そんなことよりですね」

須佐之男命は、サラサラとシロの返答を流していってしまう。此奴《こやつ》には、会話をする気があるのだろうか。だんだん苛《いら》ついてきた。

「ここを……こうしたら……」

須佐之男命は、一人で勝手に話を進めていく。

持参していた細いマジックペンで、アイドルの顔に線を入れはじめてしまった。眉を太く雄々《おお》しく、首や顎にも整形を施す。

キュッキュッキュッキュユと、油性マジックの奏でる音を、シロは無表情で聞いていた。そろそろ、どうでもよさで欠伸《あくび》が出る頃合いだ。

「ほら、俺にそっくり！」

「そこまで魔改造してしまえば、儂でも似るだろうさ」

なにを言うのかと思えば、くだらぬ。

九十九はシロを駄目神様とか呼ぶが、そこらによっぽど駄目なのが転がっている。シロは平均値以上とれているのではないか。少なくとも、コレよりマシである。

「そうですかねー？」

「そうだろうよ。あと、推しの顔に手を加えたと知れれば、天照が暴れ出すぞ。面倒なことになる前に、それを隠しておけ」

キーキーと喚《わめ》きながら須佐之男命を叱《しか》りつける天照が目に浮かぶ。

だが、おそらく彼女は弟神を許すのだろう。雑誌など、もう一冊買えばいいとかなんとか言いながら。

昔から、天照は須佐之男命に弱い。

高天原で暴虐を働いても強く出られず、岩戸に引きこもることを選択してしまった。まったく怒らないわけではないが、最終的に折れるのは、たいてい天照である。

須佐之男命を大切に想っている——否、違う。

直接の衝突を避けている。

今も、昔も。

この二柱《ふたり》も、難儀な関係だ。

シロが他者のことなぞ、言えた口ではないが。

「そういや。昨日、若女将様とばったり出会いまして。あ、知ってやがりますよね、さすがに？」

把握していた。

湯築屋の結界で起こるすべてが、シロには見えている。

昨日、須佐之男命と九十九が話していたのも知っていたが、とくに害とはならないので、わざわざ口を出す必要はないと思っていた。

「なんて言えばいいのやら。あの子、こっちの痛い部分に土足で踏み込んで、面の皮に厚みがありやがりますよねぇ」

須佐之男命は、胡座《あぐら》をかきながら嘆息した。同意を求められ、シロは反射的に押し黙ってしまう。

「でもって、踏み込まれても痛くないっつーか、許せちまうから、ちょっと始末が悪いんだわ」

シロはなにも言い返さなかった。

同意も、否定もしない。

だが、心の内では須佐之男命の評価が正しいと感じている。

九十九は誰とでも距離を詰める娘だ。懐《ふところ》に入りこみ、こちらの触れられたくない部分に押し入ってくる。

されど、傷つけるのではなく、優しくなでていく。

他者の傷を見て、平気でいられる娘ではないのだ。そして、傷に呑まれず、受け止める強さがある。

だから許せるし、心を開いてしまう――シロが自らを許せていなくても、心を開いてしまいそうになるから……始末が悪い。

須佐之男命の言い分がシロには理解できて、余計になにも言えなかった。

「お前と一緒にされたくはないがな」

だが、これくらいは言っておきたかった。こんな駄目男神から同類認定されるのは癪《しゃく》である。

須佐之男命は、「へへっ」と笑った。

「そうっすかねー?」

「だから、一緒にしてくれるな。さっさと、あっちへ行け」

シッシッと、手で払う動作をするが、須佐之男命は動こうとしない。

「だいたい、お前のと儂のとは、性質がまったく――」

言いかけて、シロは妙な感覚に陥った。

なにが起こっている――?

「どうしやがったんです?」

シロの表情から異変を察して、須佐之男命が問う。だが、シロは違和感の正体がすぐに理解できず、適確に返せなかった。

「なん……」

わからぬ。

湯築屋の結界は、すべてシロが掌握《しょうあく》している。天之御中主神ですら、シロが権限を与えなければ外へは出られない。

ここではシロが絶対であり、神々が逆らうことなど不可能。

だのに、突然それは現れた。

「九十九……！」

このように、シロが取り乱すなど、普段はありえない。

シロは九十九の名を呼んで、縁側から立ちあがっていた。

「待ちやがれくださいよ――」

神気を使い、瞬時に石鎚の間へと飛ぶ。須佐之男命が呼び止めていたが、シロは意に介さなかった。

「天照！　開けよ！」

石鎚の間は、現在、シロの視界を遮断した環境にある。結界の内側にありながら、シロの干渉を弱めた――穴だ。

九十九がなにかサプライズをすると言ったためである。天照も一緒だったので、案ずる必要はないと考えた。

第一、ここは湯築屋だ。石鎚の間のみを遮断したところで、その周囲はシロの領域である。外敵なぞ近寄るはずもなかった。もちろん、逃げることも。

ゆえに、これは想定外だ。

「どうしやがりました！　なんで、急に……は？」

須佐之男命がシロを追ってきた。彼も状況が呑み込めていなかったが、部屋の前へ来て、驚愕の色を浮かべる。

現状を把握した——否、ますますわからなくなっていた。

そこに出現した神気は、シロの結界とは別種。

石鎚の間であった場所は完全に隔絶され、別の者によって支配されている。

「天岩戸……？」

ここは湯築屋の客室ではない。

天岩戸と化していた。

「なんだって、こんなことになってやがるんです。おーい、もしもし姉上様？　いらっしゃいますよねー？」

須佐之男命が慌てて中へと呼びかけた。

室内からは沈黙しか返ってこない。

「どけ！」

シロは須佐之男命の肩をつかんで退ける。右手で扉に触れると、紛《まご》うことなき天照の神気を感知した。

「何故《なにゆえ》——」

ありったけの神気を掌に流す。

呼応するかのように、空気が震えた。神気が迸《ほとばし》り、可視化できるほどの濃度を得る。さながら稲光の閃光《せんこう》が発生し、辺りを照らした。

だが、シロの放った閃光はいとも簡単に退けられる。というよりも、完全に無力化されていた。

「なにやってんですか。姉上様よぉ！」

須佐之男命も叫びながら、客室の戸を引いた。しかし、木戸は開くどころか、まったく動きもしない。まるで、壁に描かれた絵だ。

「やっぱりこれって……」

須佐之男命が息を呑む。シロも押し黙っていた。

二柱は、これを知っている。一度だけ目の当たりにした。

地上ではなく、高天原で。

「天岩戸ですよね……？」

天岩戸。

高天原で、天照がこもった〝結界〟だ。古事記では、天照が天岩戸に隠れた事件を岩戸隠れと呼称している。

実際の天岩戸は、その名の通りの岩戸ではないし、特定の建築物でもなかった。天照が自ら陣を定めて張る結界の名称そのものを指す。

あらゆる神の力を弾き、寄せつけない性質を有していた。神であれば、何人《なんぴと》たりとも天岩戸を破ることは叶わない。シロの結界と近しいとも言える。

しかも、天照が「ここを岩戸とする」と決めれば発動してしまう。大変に厄介な代物であった。

シロの結界に劣る面と言えば、範囲が極端に狭いこと。まさに、客室一室分程度にしか作用しない。

だが、すべての神気が弾かれてしまうのは、神であるシロにとっては天敵だ。相性が悪すぎる。

その結界を……よりにもよって、湯築屋で展開した。

本来なら不可能だが、今回は九十九のサプライズという名目で、部分的にシロの干渉を遮断している状態だった。

結界の穴を突き、天照は天岩戸を出現させたのだ。

なんのために。

「九十九……」

湯築屋の結界内に、九十九の存在は確認できない。結界の外へ出た気配もなかった。

まだ天照と共にいるはずだ。

天岩戸の内側に。

「どうされましたか！」

物音を聞きつけ、番頭の八雲が血相を変えて走ってきた。碧とコマも、遅れて駆けつける。みな、事情がわからず、何事かと困った様子であった。

シロは天岩戸と化した客室を睨みつける。従業員たちは、シロの説明を待っていると、わかっているのに。シロには、従業員たちを落ちつかせてやれる余裕がなかった。

「いや、その……姉上様がさ」

シロがなにも言わないため、代わりに須佐之男命が従業員たちに状況を説明した。珍しく空気を読んでいる。

「天照様が？　これが、天岩戸なんですか？」

須佐之男命の話を聞いて、みんな動揺していた。

まさか、シロが湯築屋にいて、このような事態になるなどとは、誰も想像していなかったのだ。無論、シロ自身も。

しかも、主犯は天照だ。

湯築屋の常連客であり、従業員たちにとって、最も馴染みが深い神である。衝撃が大きすぎた。

「あ、あ、あの……天照様がお隠れになったら、太陽はどうなってしまうんですか？　ま、まさか……」

コマが青い顔で震えながら問う。

前回の岩戸隠れでは、地上に太陽の光が届かなくなった。高天原のみならず、地上もすべてが闇に包まれ、厳しい寒さと飢えが襲ったのだ。再び、そのような事態になるのではないかという危惧《きぐ》は、当然であった。

「そこのところは、たぶん心配ねぇんじゃないですかね。今は夜だから、すぐにどうこうってこともない。朝にならねぇとわかんないですけど……ここは結界の内側だから、外界の太陽が隠れるなんて話には、ならないはずですよ。たぶん……うん、たぶん」

いやに、「たぶん」が多いが、須佐之男命の言うとおりだった。けれども、絶対という保証はない。ゆえに、「たぶん」が連発されている。

仮に大丈夫だったとしても、岩戸隠れが長期間に及んでしまえば、気象異常などの形で外界に影響が出る可能性がある。何分、前例が一度きりだ。確証などない。

しかし、シロの頭にはもう、そのような心配をする余裕が残されていなかった。

天照と共にいるのは九十九だ。

九十九が囚われている。

九十九が——ここに、いない。

「須佐之男、またお前がなにかしたのではないのか」

シロは糾弾の目を須佐之男命に向けた。客だなどと気遣う余力は持ちあわせていない。

言葉には棘《とげ》が仕込まれ、突き刺すようであった。

「え、ええ⁉　俺ですか？　いやー……なんも、心当たりがねぇんですが……いや、ないこともないか。雑誌にラクガキしたくらいじゃ、ここまで怒んない、ですよねぇ？　姉上様が怒るようなヘマはしてない、はず……たぶん。いや、本当ですって！」

須佐之男命は慌てて目を泳がせていた。

普段どおりに、心当たりがありすぎるが、決定打はないと言った態度だ。

「お前に心当たりがないだけではないのか」

「だったら、なおさら、俺に聞いたってわかるわけねぇですよ！　アンタ、俺に空気読めってんですか！」

「読めるのならば、読んでほしいのだが」

「無茶振りだ！」

なにも無茶は言っていない。しかしながら、須佐之男命を問い詰めたところで意味はなさそうだ。

「若女将もいらっしゃるのでしょう？　早く出してあげなければ……」

八雲も心配そうにしていた。

彼も室内の様子を、風に探らせたようだが、失敗する。八雲の術もまた、風神・志那都《しなつ》比古神《ひこのかみ》の力を借り受けている。神の力では、天岩戸に弾かれてしまう。

こうなると、手が出せない。

八方塞《はっぽうふさ》がりの状況に、誰もが押し黙るしかなかった。

2

「わたくしに、輝きを見せてくださいませ」

視界がぼやけ、身体がうしろへ倒れて……九十九を抱きしめる、天照の手がたまらなく温かかった。

九十九が覚えているのは、そこまでだ。

きっと、意識を失ったのだろう。

ふわふわと、自分の身体が浮いている感覚。また夢の中か。月子との修行のせいか、夢と現実の行き来には慣れていた。

「若女将もいらっしゃるのでしょう？　早く出してあげなければ……」

湯築屋の様子が見えた。

みんな、客室の前に集まって動揺している。

九十九はそれを、うえからのぞき見ていた。身体が浮いており、誰にも触れることができない。

「みんな……わたし、ここにいるよ」

呼びかけても、ふり返ってくれない。

九十九の声は、誰にも届かなかった。虚しく言葉が溶けて消えていく。

ただ、ながめているだけだ。

この光景は、現実に起こっているのだろうか。

それとも、九十九が作り出した夢？

判別できない。

「九十九……」

シロが暗い顔でうつむいている。幻か現実か定かではないが、シロにこのような顔をさせるのは居たたまれなかった。

「シロ様」

触れられないとわかっていながら、九十九はシロに手を伸ばす。

シロの白い尻尾は、九十九の手をすり抜けてしまった。

なにもつかめない。

こんなに近くにいるのに。

『天岩戸とは、また懐かしいものを』

驚いている、というよりは、興味深く笑っている。そのような声音であった。

九十九は浮いたままの身体の向きを変え、そちらをふり返る。無重力空間のようで、体勢が安定しない。夢なのに、こういうところは妙に細かかった。

「天之御中主神様」

浮遊する九十九のそばに現れたのは、天之御中主神であった。墨色の髪が宙を漂い、純白の翼がはためいている。白い衣がふわふわと広がる様は、舞のようでもあった。

神々《こうごう》しく力強いのに、儚《はかな》さをまとっている。男神でも、女神でもない。九十九の知る、どの神々とも異なる概念。

紫水晶みたいな瞳に、九十九が映る。

『……我《わし》は、なにもしておらぬからの？』

九十九と目があい、天之御中主神は、いの一番にそう告げた。

天之御中主神の言葉に、九十九はすぐに対応できず、口を開けたまま、数秒間静止してしまう。

「……いえ、別に疑っていませんけど」

『ならば、よいのだ。我は誤解されやすいらしいからの』

なにを察したのか、いや、勘違いしたのか、天之御中主神は腕組みする。

もしかすると、以前に「言葉が足りない」と指摘されたのを気にしているのだろうか。

それにしたって、若干、ズレているような気もするけれど……進歩、なのかな？

「天岩戸って、おっしゃいましたか？」

それよりも、九十九はその前の発言が気になった。

天之御中主神は、天岩戸と言ったか。

『左様。此《こ》れは、天照の結界ぞ。斯様《かよう》な代物《しろもの》、見るのは神代《かみよ》以来かの』

天岩戸。高天原での岩戸隠れの話が真っ先に思い浮かぶ。

ということは……。

「天照様が、どうして……」

夢に落ちる前、九十九に見せた天照の顔。

甘い蜜みたいに危険な魔性が頭に過《よぎ》り、身震いした。慈愛に満ちた女神でありながら、奈落へと誘《いざな》う魔性の危うさも備えている。

その恐ろしさを常に実感していながら、九十九は彼女に気を許していた。

ミイさんのように、二面性を持ち、人に害為す可能性のある神様もいると知っていたのに。シロからも、完全には信用するなと言われていたはずだ。

でも……それでも――。

『さてはて、どうしたものか』

天之御中主神は、成りゆきを見守るつもりのようだ。

というより、この神にも、天照の真意がわからないのかもしれない。試しているような態度だが、様子をうかがっているというのが正しそうだった。

「天之御中主神様には、なんとかできないんですか？」

九十九の身体は、きっと客室内だろう。天照に囚われたままとなっている。

シロには状況を打開できないようだ。

しかし、天之御中主神ならば——。

『無理だの。此の結界は、神を退ける。こうして、夢で繋がるのが精一杯か。別天津神と言えど、我も神の一柱《ひとはしら》ぞ……それに、此の結界内では、我よりも檻——いや、白夜命の権能が強かろう。我は囚人のようなものだからの』

湯築屋にいる限り、天之御中主神は無力だ。

思い起こせば、この神が力を行使したのは常に湯築屋の外である。五色浜《ごしきはま》でも、八股榎《やつまたえの》大明神《だいみょうじん》でも、シロが天之御中主神に結界の外へと出る許可を与えていた。

二柱は表裏の存在で、力関係も単純に天之御中主神のほうが強いというわけではない。加えて、天岩戸は神を退ける性質を持つ。天之御中主神も例外ではなく、相性の悪い手合いであった。

『結界なぞなく、純粋な力比べであったなら別だがの。もっとも、理由もなく神同士が力を比べる機会はない。どの条件ならば天照に勝てるかは、我にはわからぬよ』

聞いてもいないのに、天之御中主神は腕組みをする。たしかに、神様の力関係はわかりにくい。単純な神気の強弱だけでは推し量れない部分もあった。

とにかく、天之御中主神を当てにはできない。打開策を考えなければ、このままの状況が続くだろう。

しかしながら、九十九に当然、策はない。

『だがまあ、我も神の一柱。助言くらいはくれてやろう』

九十九が考え込んでいると、天之御中主神は唇に、わずかな弧を描く。

「状況を打開する方法があるんですか？」

『ある。其方《そなた》にしかできぬ方法だ』

九十九を示され、息を呑んだ。

天岩戸など、神話でしか聞かない最高峰の結界だ。そんなものが九十九に破れるというのだろうか。

天之御中主神の顔は、自信がありそうだった。口調も強く、必ずできると確信している。

『其方が天照の神気を奪ってしまえばよい』

単純な話であった。

道後公園でミイさんから神気を引き寄せたのと、同じようにすればいいのだ。

『天岩戸を維持するのは、なかなかに神気を消耗するであろう。此処《ここ》は高天原ではないのだから、なおさらのこと。持久戦には滅法弱かろうて。内側にいる利点を突けば、攻め落とすのは容易ではないかの？』

至極当然のように、天之御中主神は語る。

九十九も、正しいと思った。

おそらく、天岩戸を攻略する最適解だ。

日本神話の岩戸隠れでも、神々は天岩戸を脅かしていない。神々にとって、天岩戸が難攻不落の要塞《ようさい》と同義だったからだ。最終的に、天照自らが岩戸から出てくるように仕向け、引きずり出している。

神に、この結界を破ることは不可能なのだ。

しかし、九十九の力であれば、できる。

「あの」

けれども、九十九には懸念があった。

天照は九十九の能力を知っている。こんなに簡単に攻略されてしまうとわかっていながら、わざわざ九十九と一緒に天岩戸に隠れるとは考えにくい。天照だって、黙って見ているわけがなかった。

「わたしの力を、天照様に使うと……なにか、デメリットがあるんじゃないですか？」

天之御中主神の、いつものやり方である。

選択を示しておきながら、デメリットを開示しない。落とし穴があったとしても、気がつかぬまま踏み込ませてしまう。

『ほう』

九十九の指摘に、天之御中主神は愉しそうに顎をなでた。やはり、九十九を試していたのだ。

本人に悪気はない。

ただ、そういう性《さが》なのだ。

「……お言葉ですけど、そういうところですよ。誤解されやすいのって」

『此れはいけぬな。特に意識していなかったの』

本当ですか？　と、九十九は息をついた。

『我は其れを不利益とは感じておらなんだ』

項垂《うなだ》れる九十九の前に、天之御中主神は指を一本立てる。

『天照から、天岩戸が弱体するまで神気を奪い、果たして其方は人としての存在を保っていられるかという話だ』

「やっぱり、そういう系ですか。そういう系ですよね。わかっていましたとも」

九十九が頭を抱えながら言い返すと、天之御中主神は口を少し曲げる。

『なんだ、対応が雑ではないか。つまらんの』

「面白がられるほうがイヤなので！」

この神様との会話には、ちょっと慣れてきた。九十九は強めに言い返しながら、腰に手を当てる。強気にいかなくては。

「却下です。そんな方法、危なくて無理です」

『何故《なにゆえ》。其方は神に匹敵する存在となれるのに。斯様な好機は、なかなか巡ってこぬぞ。天照ほどの神格ならば、天岩戸が消滅するまで神気を吸ったところで、存在にも影響せぬだろうよ』

天之御中主神は好機と称するが、要は人間をやめるという話だ。神に近い存在、差し詰め、神霊にでもなるのだろうか。

どちらにせよ、九十九が九十九のままでいるのは不可能だ。

「なんのために、あなたの巫女になるのを断ったと思っているんですか」

『強情な娘よな』

「強情で結構！」

ここで天照の神気を吸えば、天之御中主神の巫女を断った意味がない。この神様は、そんなに九十九を人外《じんがい》にしたいのか。

「他に方法はないんですか？」

『其方にできることは、此れくらいかの』

つまり、ないんですね。

九十九は納得するほかなかった。

『選択せぬとしても、最終手段にはなろう。覚えておいて損はないぞ』

保険というやつだ。いざというときの奥の手にはなる。だが、本当にいざというときしか選択したくなかった。

「まあ……ご助言には違いないので、ありがたく受けとっておきます」

『もっと有り難がらぬか。神託であるぞ』

「……なんか、天之御中主神様、ときどきシロ様みたいになりますよね」

『互いに影響されるからの。其方が似ておると言うのなら、そうかもしれぬ。あれは嫌がるだろうがな』

たしかに、二柱は表裏の存在だ。影響しあうのも納得だった。天之御中主神を見ていると、それは紛れもない事実であると、九十九も実感した。

シロは……ゆえに、嫌なのだろう。自らを肯定できない最大の由縁だ。

だからこそ、こんな関係のまま、この二柱を放っておけない。

九十九は、ふと天之御中主神の言葉を思い返す。

――あれを神の座から、降ろす力にもなるのではないかの？

あのとき、九十九は怒ってしまった。いくらなんでも、酷すぎる。シロを神の座から降ろすなんて……。

けれども、今になって思うのだ。

天之御中主神にとって、あれは助言のつもりだったのだろうか。

純粋に、九十九とシロのことを考えて、助言として発したとするなら……九十九は自身の両手をかざして見つめた。

わたし、シロ様になにかできる……？

「九十九」

そのタイミングで、シロが九十九の名を呼んでいた。すぐそばに九十九がいるのに、気がついていない。九十九は夢の中にいるので、当然か。

すれ違っている気がして、寂しかった。

「ここにいますよ」

九十九は、シロに手を伸ばす。

されど、指はシロに触れられない。何度も何度も、シロに触れようとして、煙みたいにすり抜けていった。まるで感覚がない。

それでも、九十九はシロの手に、自分の手を重ねるようにあわせた。肌の感覚はなく、熱も伝わらない。

「シロ様」

触れたいのに、触れられない。

もどかしくて、九十九は目を伏せた。

3

——シロ様。


九十九の声がした。

シロは虚空《こくう》を見あげる。

幻聴だろう。そこには湯築屋の天井があるばかりで、なにもない。九十九の姿は、客室に消えたままだ。

「どうしましょうっ。どうしましょう！」

足元で、コマがチョロチョロと左右に走っていた。トットットットットッと、小刻みな足音が響き、かえって周囲の焦燥感を煽っている。

「コマ、落ちつきなさい」

あまりにコマがうろちょろするものだから、八雲が優しく声かけする。

コマは、しゅんと尻尾を垂らした。が、すぐにピーンッと背筋を伸ばして、ぴょこんっと跳ねる。

「はっ……そうです。いいこと思いつきました！」

なにか妙案が浮かんだようだ。一応、聞いておこう。

「天宇受売命《あめのうずめ》様をお呼びして、舞っていただきましょうっ」

天照は、いつも通販で買った荷物を受けとる際、部屋の前で従業員に踊らせている。通称、岩戸神楽ごっこ。岩戸隠れのときに舞った天宇受売命を模しているのだ。

なによりも、天照は天宇受売命の舞が好きであった。天照の元祖推しと言ってもいいだろう。今でも、天宇受売命が湯築屋を訪れると、いつもと違う反応を見せる。

天宇受売命が舞えば、さすがに出てくるのではないか？　という案であった。

コマは日頃、このような場面で案を出せない。珍しい現象であった。自信ありげに、

「これなら、大丈夫でしょう？」と、尻尾をふっている。

「受売命ちゃんなら、呼べばすぐ来るけどさ……なんか、そうじゃねぇと思うんですよね。今回のって」

コマの案に、須佐之男命は首を傾げていた。どうも、はっきりとしない物言いだ。言語化できない直感を整理しようとしている。

「根本的な解決になってねぇっていうか。う－ん、なんて説明すりゃあいいんですかね。姉上様は、なにか目的があって、おこもりしてるんじゃねぇんですか？　それを解決してやらねぇと……お戯れは多くても、本当に理由もなく、こんなことする神じゃないんですよ。あの方は」

須佐之男命の言い分は釈然としないが、言わんとすることはわかる。

シロも、同意見だった。

天照はただこもっているのではない。なにか理由、いや、目的があるはずだった。ならば、出てくるのにも、解決が必要だろう。

それはシロも理解している。

だが、なにもつかめぬ状態では、適切な対処ができない。ただ途方に暮れているしかなかった。

これでは、埒《らち》があかぬ。

焦りばかりが先行していた。

「一か八か。強行突破いたしましょう——シロ様、おさがりください」

仲居頭の河東碧が物々しい形相《ぎょうそう》で一声発する。

臙脂《えんじ》色の着物は襷掛《たすきが》けにし、頭には鉢巻《はちま》き。薙刀《なぎなた》を構えていた。事態を見て、装備を調えてきたようだ。

床を踏みしめる動作一つひとつにも歪《ゆが》みがなく、不用意に近づけば両断されそうな武者の殺気を発していた。歴戦の猛者や、荒ぶる戦神でも、ここまでの覇気をまとう者は稀だ。時代が違えば、英傑となれる女だろう。

「お客様と言えど、若女将が中にいる以上、看過できません。私は登季子《ときこ》から、あの子を預かっているのです」

朗々《ろうろう》と言い切る碧を止められる者は、この場にいなかった。神でも開けられぬ戸に挑む気迫は、龍や虎をも凌駕《りょうが》する。

九十九の修行のため、登季子はしばらく湯築屋に留まっていた。だが、あいにく、昨日のタイミングで、「どうしても、行っておきたい営業先があるのさ！」と、飛び出したばかりである。

登季子不在の今、伯母の碧が九十九を預かっていると言えるだろう。

「ひ……やっぱ、あの人間おっかねぇわ」

「お前は戦神でもあったはずだが」

声を裏返す須佐之男命に、シロは冷ややかな目を向けてしまった。いくら碧の気迫がすさまじいと言っても、戦神がこの有様でどうする。

「やぁぁぁあッ！」

碧が叫びながら、薙刀をふりおろす。

刃は閃光のごとき煌めきを描きながら、客室の木戸を両断せんとした。まさに必殺の一撃。相手が人であったならば、一瞬で命が絶たれているであろう。

「————ッ⁉」

だが、碧がふった刃は宙でピタリと止まった。

碧は表情を歪めながら、薙刀をにぎる両手に力を込める。されど、その刃は押し返されるように弾かれた。

碧の手を離れた薙刀が、くるくると回りながら庭の地面へと突き刺さる。

「なにが……」

なんらかの力が干渉している。

神気の流れが変わっていた。

「みなさま、ご機嫌麗《うるわ》しゅう」

可憐な少女の声が響いた。

客室の扉は開いていない。ただ、木戸が鏡、いや、モニターのように変化していた。縦長の画面に、天照の姿が映し出されている。

純白の衣をまとい、肩に羽織った領巾《ひれ》が翼のごとく広がっていた。いつもの十二単やワンピースではなく、神としての力を行使する天照の姿である。

小竹葉の手草《たぐさ》を持ちあげて、天照はうっとりとした笑みを浮かべた。

まるで、美味しいおやつを目の前にした少女である。舌なめずりでも聞こえてきそうだった。

「天照」

名を呼ぶと、呼応するように天照は声を転がした。悪戯《いたずら》をしてしまった子供みたいに、無邪気なものだ。

「ずいぶん、慌てていらっしゃいますね。巫女が心配ですか。それとも、結界が破られて腹を立てていらっしゃるのかしら。あるいは、両方？」

こちらの心理を見透かした言い草であった。神経を逆《さか》なでしてくる。それさえも、きっと故意なのだろう。

挑発されている。

「どういうつもりだ。なにをしているのか、わかっておるのか」

シロの声に怒気が含まれていく。それなのに、天照は動じる素振りもなかった。むしろ、この事態を愉《たの》しんでいる。

「犯人からの要求を告げに参りました」

涼しい顔で述べられて、シロは眉根を寄せる。他の者も同じであった。

ただ、天照だけは堂々としている。

「ほら、わたくしが誘拐犯ですので。要求を述べておかねば」

事もなげに主張しながら、天照は自らの胸に手を当てる。

「ふざけるな」

シロは客室に手を伸ばす。が、神であるシロは、天岩戸に触れることすら叶わない。弾かれるように、拒まれてしまった。

「大真面目ですよ」

天照は恍惚《こうこつ》として、表情を蕩《とろ》かせていた。

「大丈夫。若女将には危害を加えておりません。加えるつもりもございません。蝶よりも、花よりも、推しのポスターよりも丁重に扱っておりますわ」

そう言って示したのは、畳のうえで眠る九十九の姿であった。

両目を閉じたまま、ぐったりとしているが、わずかに身体が動き、呼吸しているのは見てとれる。

「九十九！」

シロは思わず声をあげ、前に出る。しかし、天岩戸に阻まれて、それ以上進めない。

まさか、自らの結界内で、このような事態になるなど考えてもいなかった。

湯築屋を訪れる神々は、みなシロと天之御中主神を同一視したがる――否、同一の存在だ。シロや湯築屋を害したり、結界を破ろうとする者など皆無であった。日本神話の神々なら、とくにである。

客室の壁一枚を隔てて、九十九はすぐそこだ。

ここはシロの結界なのに。

こんなに近くにいるのに、シロの力が及ばない。

九十九が囚われているのに、心がかき乱された。

それだけで、心がかき乱された。

「人質を返してほしければ、身代金をご用意ください」

シロを煽るように、天照は宣言した。まるで、テレビのアナウンサーにでもなったつもりで、流暢《りゅうちょう》に身代金などと宣《のたま》っている。

挑発。否、挑戦だ。

天照は遊びを装っているが、本気だった。

でなければ、周到に天岩戸を発現させたりはしない。宝厳寺で九十九との会話を遮断したのも、客室に二人の状況を作ったのも、すべてはシロの結界に穴を空けるためだ。

ふざけてなどいない。

天照は本気で、シロに挑んでいる。

「身代金とは」

問うと、天照は不敵に笑みを描いた。

「わたくしからの要求は、ただ一つです」

可憐な少女のようでありながら、凛と気高《けだか》い孤高の花。しかしながら、慈しみに満ちた母性と、相反する魔性の魅惑を兼ね備えている。

決して、神は一面で語ることはできない。

天照大神も例外ではなく、やはり、その一柱であった。

「あなたの輝きを見せてくださいませ」

要求は単純であった。

そして、天照が常に求めているものだ。

彼女が欲しているのは、高天原での岩戸神楽ではない。もちろん、宅配の荷物を届けるときのふざけた舞でもない。

輝きだ。

「楽しみにしておりますよ」

天照の求める輝きを。

彼女が常に愛しているのは——人間が見せる一瞬の輝きだ。限られた寿命の中で、懸命に生きるその一瞬。

神であるシロとは無縁。

だのに、天照はシロに、それを要求した。

「あとは、ご自分たちでお考えください」

やがて、シロの眼前で、天照の顔が消える。

なんの変哲もない、客室の木戸へと戻っていた。要求を述べたので、外部との連絡口が必要なくなったのだ。完全にこちらの声を遮断し、もう呼びかけても、天照は返事をする気はないのだろう。

あとは自分たちで考えろ、という意味だ。

天照が言い残した台詞が、シロの頭に反芻《はんすう》した。シロがなんとかせねば、九十九は永遠に帰ってこない。

辺りが静まり返る。

シロばかりではなく、そこにいる誰もが口を閉ざしたまま、一歩も動けずにいた。

4

薄らと浮かびあがる視界。

冷たい畳に寝転んだ身体は重たい。夢の中を漂っている浮遊感は、すでに消失して、言い知れぬ倦怠感《けんたいかん》に苛《さいな》まれていた。

九十九は戸惑いながら上体を起こそうとする。

辺りを見回すと、天之御中主神の姿はなく、湯築屋の廊下ですらなかった。

天照と一緒に、工作をしていた湯築屋の客室だ。まだハサミや紙が、畳に転がっている。いつの間にか、夢から醒《さ》めていたらしい。

夢から現実への覚醒があまりにもスムーズで、気がつかなかった。

「あとは、ご自分たちでお考えください」

純白の衣をまとった少女が、九十九に背を向けて立っている。誰かと話しているのだろうか。鈴のような声音で、宙に笑いかけていた。

「天照様……？」

九十九が呼びかけると、天照はすぐにこちらをふり返る。白い装束や、結いあげた髪がふわりと揺れる様が可憐だった。

「あら、若女将。おはようございます……まだ夜ですが」

天照は、いつもとなんら変わらぬ態度で、九十九に話しかける。今日の夕餉《ゆうげ》はなんですか？　とでも言っている調子だ。

「お腹は空いていませんか？　箱買いした推しのチョコならございますよ。ああ、そうだ。さきほどの柑橘《かんきつ》も、とっております。剥《む》いてさしあげましょうか」

言いながら、天照は九十九の前に座った。さっき、九十九が渡した真穴みかんを、両手で捏《こ》ねるように回している。こうすると、皮が剥きやすくなるのだ。湯築屋での滞在が長い彼女にとっては、すっかりと馴染んだ動作だろう。

「はい、あーんしてくださいな」

食べさせてあげますね。と、天照はていねいに剥いたみかんを、九十九の口へと近づけた。

まだ頭がぼうっとしている。夢と区別がつかない。九十九は上手く思考ができず、言われるがままに口を開けた。

みかんの冷たさが心地よい。薄皮を噛《か》むと、果汁が弾けて口に広がっていく。太陽の光をいっぱい吸って育った真穴地区のみかんは、濃い甘みが凝縮されているのだ。温州みかんの味なのに、こんなに甘いなんて……。

「ん……」

甘いものを摂取したおかげか、だいぶ頭が回るようになってきた。九十九は、改めて室内を観察し、思考を整理する。

さっきまで見ていた夢は……現実だろう。

天之御中主神が言うように、ここは天照の結界。天岩戸である。

九十九は天岩戸に、天照と一緒に閉じ込められているのだ。シロたちは、外で途方に暮れている。現状は、こんなところだ。

「もう一粒、食べますか?」

天照は、続けて真穴みかんを九十九の口へと近づけた。けれども、九十九は唇を固く引き結び、首を横にふる。

九十九は、気怠《けだる》い身を完全に起こし、天照の前に座りなおした。

「あの」

太陽の色を宿した天照の瞳が、まっすぐに九十九を見据える。睨《にら》まれているわけではないのに、奇妙な圧を感じた。

不用意に口を開くことは許されない空気だ。

九十九は唾《つば》を呑み込み、両手をキュッとにぎる。

「どうして、こんなことを……？」

正直、天照が怖い。

今まで、お客様として接してきた。いや、連泊期間が長いだけに、それ以上の……家族みたいに感じている。

そんな天照が、なぜ九十九を閉じ込めたのだろう。どうしてもわからなかった。

でも、信じたかった。

彼女は邪悪な神などではない。

「あなたの神気が甘くて美味しいお菓子だから、独り占めしたくて。誰にも渡したくありません」

ふふ、と。蕩けるような表情を浮かべて、天照は答える。

けれども、九十九は首を横にふって否定した。

「天照様はわたしをいつも評価してくれていますけど……それ、本気で言っていたことなんて、ないじゃないですか」

九十九の神気は甘くて上質だと、天照はよく称賛していた。

しかし、天照は、本気で九十九を脅かそうとしたことはなかった。

あれは警告だ。気をつけておかないと、他の神や妖に喰われてしまうという。九十九自身や、それを見守るシロに対する警告なのだ。天照が九十九を害すつもりがないのは、明白である。

「やはり、聡明な娘。ますます食べちゃいたいです」

「真面目に話しましょう」

「真剣ですよ、わたくしは。でなければ、このようなことは致しません」

言葉とは裏腹に、茶化しているのが伝わってきた。すぐに真意を話しては「物足りない」とでも言いたそうだ。

もう少し、お遊びにつきあってほしいのだろう。

「では、少し別の話をしましょうか」

九十九は話題を変えてみることにした。

「ええ、そうしましょう。籠城《ろうじょう》戦ですから、楽しみがなくては」

天照は両手をあわせて、嬉しそうに応じる。カルタでも並べて、遊んでいるみたいな素振りであった。

「天照様、今日は見たい番組などないんですか？」

「ありますよ。推しのライブ配信が。今日はゲストトークの予定でしたから、リアタイしたかったのに。残念ですわ……でも、わたくしは課金勢ですから、ライブ配信もアーカイブを見られるのです」

「これはライブ配信より、大事なんですか」

「ああ、今さり気なく会話を誘導しました？　もう、気が抜けない子」

天照が、九十九の頭をなでた。

「わたくしは、あなたのことも推していますからね」

いいこ、いいこ。まるで、母親みたいだった。どことなく心地よくて、子供へ還った気分になる。

天照は、九十九が子供のころから湯築屋の常連だった。宿泊名簿を遡《さかのぼ》ると、もっと以前。湯築屋ができたころから宿泊している。湯築屋とは、最も古くからのつきあいがあるお客様であった。

「天照様は、湯築屋を好きでいてくれているんですね？」

「ええ、そうね。好きですよ」

迷いのない返事だった。が、それ以上は踏み込ませたくない。深掘りさせないように、一線を引かれた答え方だった。

この会話の流れから、天照の真意を探るのはむずかしそうだ。

「……別の話にしましょうか」

「あきらめが早いですね。しかし、不毛な会話を続けるよりも懸命です。さあ、次の一手はなにかしら?」

天照の口ぶりは、常に九十九を試していた。この会話も、戯れであって、戯れではない。攻防の一種であると察せられる。

やりにくい相手だ。なかなか崩れてくれない。

しかし、九十九には、もう一つ、聞いてみたい話があった。

「高天原での岩戸隠れは……須佐之男命様のためだったんですか?」

「…………」

九十九の問いに、天照が初めて逃げるように目を伏せた。

須佐之男命が答えてくれなかった姉弟の話だ。

九十九には、須佐之男命が理由もなく高天原での横暴を働いたとは思えない。一方で、須佐之男命の行為を咎めず、天岩戸に隠れた天照にも疑問があった。

彼女はどうして、須佐之男命に抗議しなかったのだろう。弟神と戦いもせず、岩戸隠れを実行した理由は、なんだったのだろう。

須佐之男命にも、天照にも、双方に違和感があった。

「それは、それは……ずいぶんと、答えにくいことを聞きますのね」

天照は平静を装っているが、声音がわずかに高くなっていた。その些細な変化を九十九は見逃さない。

須佐之男命と同じく、天照も触れてほしくない話題なのだ。しかし、話をそらして煙《けむ》に巻こうとはしていない。

「聞いたらいけないって気はしていました……」

「では、聞かぬ。という選択はできなかったのかしら？」

聞かないつもりだった。

でも、この場でしか聞けないとも思ったのだ。地雷だとわかっていながら、あえて、この機会に問うた。

「いいでしょう。その面の皮の厚さも、わたくしは好ましいと思っていますよ」

やがて、天照は目を細めた。優しげだが、心から笑っていない。形ばかりの笑みで、九十九を見つめる。

「あなたは、どう考えているのかしら。それを述べるくらいは許しましょう」

今度は逆に、天照から聞き返されてしまい、九十九は悩んだ。

九十九が間違えば、天照は口を閉ざすだろう。背筋が粟立つような緊張感が、肌をピリピリと刺激する。

「仮説でいいでしょうか」

「どうぞ」

といっても、思いつきだ。天照が満足する仮説ではないかもしれない。

九十九は浅く息を吸い、思考を整えた。

須佐之男命に答えてもらえなかったときから、ずっと考えていたのだ。

「天照様は、様々な側面をお持ちで、信仰の形も一つではございません。それは、須佐之男命様も同じです。神様は、みなさま多面的ですよね」

九十九の話を、天照は黙って聞いてくれている。

「天照様には、豊穣神《ほうじょうしん》の側面があります。そして、天皇家の祖であり、わたしたち人間に御心を砕いている神様です」

一方の須佐之男命は、自らの体毛を樹木に変え、日本中に植林したという伝説を持っている。つまり、木の神でもあるのだ。熊野《くまの》など、須佐之男命を木の神として信仰する地も存在していた。

「須佐之男命様は、木の神ですから……豊穣を司り、農耕を進める天照様とは性質が相反しますよね」

人が歴史を作るうえで、避けられなかった課題だ。

森で生き、狩猟や採集で暮らしていた人々にとって、農耕は革命だった。彼らは田畑を作って定住し、集落をどんどん拡大していく。そうやって、暮らしを豊かにしていき、今現在の九十九たちの歴史へと繋がっているのだ。

農耕は人間の歴史を育み、発展させた。

だが、その代価がある。

「社会が発展するには、住む地を開拓しなければいけません。森を……多くの木を切って、土地を広げて、家を作る必要があります」

須佐之男命は、理由もなく暴れる神様ではない。

彼にも理由があって、高天原での横暴に至ったのだと、九十九は確信している。

「須佐之男命様は、天照様に抗議されていたのですよね」

須佐之男命が働いた横暴は、豊穣神としての天照を妨害するものだ。

田畑を破壊したり、神事の場を穢したり、機織りの邪魔をしたり……天照が農耕の神として行ったものを妨害する目的だったとすれば、筋がとおる。一見、なんの脈絡もない暴力に感じるが、すべて理由があったのだ。

木の神として、須佐之男命は天照に異議を申し立てていた。

「天照様が知らなかったはずはないと思います。だから、天岩戸に――」

「そうですわ。わたくし、逃げたのです」

天照の声音は変わっていない。表情も、可憐な少女のままであった。いつもどおりの天照が、そこにいる。

なのに、明確に違う。

弟神を想う、姉の顔――。

「須佐之男とは、争えないのです。本当に駄目ですね、わたくし。あの子を咎める役目は、きっとわたくしにあるのに」

「駄目だなんて……」

「駄目なのです」

天照は須佐之男命に甘い。シロが「ブラコン」と呼ぶくらいに。須佐之男命と言い争いになっても、先に折れるのは天照だった。

「どうしようもありませんよね……あのとき、須佐之男はただ、わたくしと話をしにきたのです」

「話ですか?」

天照は目を伏せたまま、抱えるように膝を立てた。

「須佐之男はね、人が嫌いだったのですわ」

人は木を切り、森を拓《ひら》いていく存在だ。

狩猟生活をしていても充分に生活できるのに、自分たちのために他の生物を退け、発展を望む。これまでどおり、自然の中でも生きていけるのに、欲深い。そんな人間たちが、須佐之男命には忌々《いまいま》しく映っていたのだ。

そして、そこに加護を与える天照の想いも、彼は理解しなかった。

「でもね……わたくしは、好きなのです」

人を。

「あなたたちは、神々などよりも、よほど愚かで……輝いていました。利己的で傲慢《ごうまん》で、勘違いをしていて。弱い存在なのに、強く在《あ》ろうとする。そこには、一瞬しか見えぬ輝きが宿るのですよ」

天照は、うっとりと目を細めながら九十九を見据え、人差し指を突き出した。

「それを、須佐之男命にもわかってほしかった……ですが、わたくしは伝えず、逃げてしまいました。それを説こうとすれば、きっと須佐之男と争いになったでしょうから」

天岩戸に。

天照が天岩戸に隠れたのは、横暴を働く須佐之男命を恐れたからと言われている。けれども、実際は彼女が須佐之男命との衝突を避けたからであったと、天照は語った。

やがて、須佐之男命は高天原を追放されてしまう。地上におりた須佐之男命は、国津神の祖となっていく。その過程で、英雄的な活躍をして、日本の礎を築くのに……最初は人間を嫌いだったというのが、九十九には意外であった。

今の須佐之男命は、九十九にも気さくに接してくれる。発展した文明に対する苦言もない。高天原から追放され、地上におりてから考え方が変わったのだろう。

若気の至りだったと、笑う須佐之男命が、九十九の脳裏《のうり》を過る。あれは、九十九の問いを誤魔化すためだけに言ったのではない。あのころの須佐之男命とは考え方が変わっているからだ。

「いっそ、争ってしまったほうがよかったのかもしれませんね」

天照は後悔しているのだろうか。

姉弟のつきあいは続いている。こうして、湯築屋に宿泊する彼らの関係は、悪くなかった。少なくとも、九十九にはそう見えている。

だが、仲睦《なかむつ》まじいとは許せない、若干の歪さをはらんでいた。

「須佐之男命様は……天照様と喧嘩《けんか》がしたかったのでしょうか」

争いまでは、望んでいなかった。

しかし、須佐之男命と喧嘩ができるのは、同じ神から生まれた天照くらいだ。彼は天照とぶつかりたかったのかもしれない。

だから、乱暴な形で、天照に抗議を表明したのだ。

須佐之男命の行いには、理由があった。

「そうでしょうね。だから、わたくしは駄目なのです」

弟神の本音をわかっていたのに、天照は岩戸へ逃げた。

最終的に、須佐之男命は地上で、天照の真意を理解した。人間に対する考えを改め、手助けもしている。それは製鉄の神としても信仰されている彼の在り方からも見てとれた。すべて丸くおさまっている。

高天原での岩戸隠れ――二柱のすれ違いは、もう解決していた。

しかし、関係に歪みは残したままなのだ。ずっと、互いに抱えたものを吐き出せていない。それが、この二柱のぎこちなさに繋がっている。

「須佐之男との関わりに悩むわたくしには、あなた方の関係に口を出す権利などないのでしょう」

あなた方とは、九十九とシロのことだ。天照は、九十九とシロを……自分たちに重ねているのかもしれない。

「ですが、だからこそ」

天照は九十九の顔に手を伸ばす。

その顔が切なく揺れた気がして、九十九は動けなかった。

天照はいつだって優しくて強い。可憐な少女のようでありながら、慈悲深い母の温かさを持っている。悲しげな顔をしていても、か細い弱々しさなど感じることはない。

なのに、今の天照は儚くて、脆《もろ》くて。それなのに、美しくて。

いつもとは、別の空気をまとっていた。

「あなた方のお手伝いをしたいのですよ」

天照の指先が、九十九の頬をなでる。くすぐったいけれども、温かさがじんわりと伝わってきた。

「お手伝い……？」

互いの顔が近づいて、肌に吐息を感じる。

間近に迫った瞳には、太陽の色が宿っていた。

シロとは別種の美しさに、息が止まる。いつまでも見入って、骨を抜かれてしまいそうだった。気を張っていなければ、こちらの正気が保てない。

「天照様がこんなことしたのって」

ぼうっとしそうになる意識を保ち、九十九は天照の肩に手を置く。軽く押すと、天照はすんなりと身体をうしろへ退いてくれた。

「わたしと、シロ様のためなんですか？」

太陽の色が、ふわりと微笑んだ。

女神の瞳に、儚い脆さをはらんだ憂《うれ》いの色はない。

天照は神にはない輝きを人に求めている。

けれども、九十九は初めて……この神様にも、「輝き」があるのだと確信した。いいや、天照だけではない。どの神様にだって、ある。

彼らは人間とは遠く、別の存在。それでありながら、人の信仰によって存在を支えられている――遠いようで、最も近い。

実に人間的で、美しい存在なのだ。

そんな彼らが輝かしくないわけがない。永遠を生きるとしたって、一瞬一瞬にも、美しさが宿る。

「お手伝いして差しあげますと、言ったではありませんか。わたくし、あなたのことが好きなのですよ」

天照の声音はどこまでも優しく、慈愛に満ちていた。

輝．同じ景色の中で

1

湯築屋の営みは、人の視点では永い歴史であろう。

宿屋という形をとったのは、時代がくだってからとなるが、この地には神々が集まるようになっていた。それは、結界の内に留まることで、天之御中主神が定住したからだ。

最初の来訪者となったのは、天照大神であった。

神気を癒やす湯につかりたいと、女神は微笑んだ。

シロは天照を結界の内側へと引き入れたのである。

人間にとっては、神話の時代だろう。

だが、シロにとっては、ほんの少し前の出来事のようだ。

――ここはよいですね。輝いております。

初めて訪れた天照は、湯築屋をそう評価していた。

月子を優先して理《ことわり》を曲げたシロの選択も。

檻に入り、留まると決めた天之御中主神の選択も。

神々に湯を開き、招き入れたいと考えた月子の考えも。

天照は、すべてを「愚かしい」と断じたうえで、「輝かしい」と愛でた。

シロにはよくわからなかった——というより、天照の言う「輝き」に興味がない。他の神々とて同様だろう。

考えた例しがなかった。


「天照様に輝きを見せるって……」

話しあいの場所を、石鎚の間から移し、従業員でテーブルを囲んでいた。学校を終えて出勤した小夜子や、厨房《ちゅうぼう》にいた料理長の幸一《こういち》、将崇まで、総出になっている。

コマが頭を抱えながら、うんうんとうなっていた。

「うーん……うーん……いつものダンスも、駄目なんですよね？」

それくらいしか思いつかぬという様子だ。コマはついに、頭を抱えすぎて前のめりに、ころんと転がった。

前転したコマを、将崇が抱えて座りなおさせる。

「さっきも言ったけど、やっぱりそうじゃねぇんだよな。姉上様の言う輝きってさぁ」

須佐之男命が釈然としない顔で腕組みしている。シロも、須佐之男命の側に考えが近かった。癪だが。

ただ美しい舞を所望しているわけではない。そんなものは、いつもの遊びの域を出ないのだ。天岩戸を発現させるほどの欲求ではない。

「天照は神だ」

シロのつぶやきに、一同が首を傾げた。

「天照が〝輝き〟を評価する基準は……あれの理解を超えるもの」

神ならば下さぬ選択。

神であればとらぬ行動。

神らしからぬ——人間らしさ。

天照が評価してきたものは、必ず不完全であった。

愚かしかったり、醜かったり、歪だったり……神から見ると、不完全で出来の悪い。しかし、人々が一瞬一瞬を紡《つむ》いできた証のような煌めき。そこに尊さを見出し、愛でている。

それが天照にとっての輝きだった。

初めて湯築屋を訪れ、輝かしいと評したときと、なにも変わっていない。彼女は常に、自分にはない輝きを求め、愛してきたのだ。

だから、今回の謎かけの答えも……シロには、わかっている。

――あなたの輝きを見せてくださいませ。


たしかに、天照はシロに対して、輝きを見せろと要求した。

天照、というより、湯築屋を訪れる神々は、みな本質を重視する。誰もが、シロを天之御中主神と同一の存在として語るのが常だった。

けれども今回、天照は初めて、天之御中主神ではなくシロとして語りかけたのだ。

他の誰にも伝わっていなくとも、シロにはわかった。理解できてしまった。

シロに、天照の満足する輝きを見せろと――神としてではなく……そう。神らしからぬ行いをせよと、迫っている。

わざわざ九十九を閉じ込めたのにも、意味があるのだ。今回の行動は、最初からすべて一貫している。

天照は、九十九を助けているつもりなのだろう。

天之御中主神とシロとの対話を望むという、九十九の手助けをしているのだ。

シロは、九十九と約束した。いつか、九十九の望む形にしようと決めている。決めているが……その覚悟が固まらぬのも、たしかであった。

九十九は待つと言っている。されど、天照はシロの迷いが深いのも知っているのだ。急がねば、また九十九を何年も待たせる結果になるかもしれない。神にとって、年月など一瞬だ。九十九とは時間の価値が異なる。

そして、この先。

シロは、九十九とどうやって生きていくつもりなのか。

月子のように見送るのか。

それとも、別の解《こたえ》を出すのか——シロが考えないようにしている事柄だ。

いつまで経っても決まらない。だから、天照は動いた。

「余計なお世話だ」

シロは誰にも聞こえぬ声で、言葉を噛みしめた。

天照は、シロに決意をうながすために、強硬手段に出たのだ。よりにもよって、彼女は他の神が抱える問題に、わざわざ自分の力を行使した。

神らしくない。

だが、天照は本気であった。

ずいぶんと九十九を気に入っているではないか。

シロと対決する不利益よりも、天照は九十九を選んだ。天岩戸まで持ち出して、彼女は本気でシロに挑み、迫っている。そして癪だが、彼女の策はシロには絶大な効果があった。

「儂が……」

今すぐに、九十九を救い出す方法ならわかっている。

シロが天之御中主神との対話を済ませ、なにもかもを決断し、九十九に手を差し伸べることだ。それが単純で、迅速な解決方法だろう。

天照が求める答えだ。輝きなどと表現しているが、なにもむずかしくない。頓知《とんち》やクイズにもなっていなかった。

「シロ様、大丈夫ですか？」

顔色でも悪かったのだろうか。小夜子が心配そうにシロをのぞいている。

ふと、小夜子の表情が九十九に重なって思えて、急に物寂しくなった。九十九と同い年の娘だ。顔は似ていないが、近しい部分がいくらかある。

シロは九十九を救う方法に気づいているのに。

だのに、それを即断できない。

己に愕然としてしまう。

「なにかお手伝いできるなら、おっしゃってください」

これは、シロの問題だ。

九十九を巻き込み、天照に選択を突きつけられている。従業員まで巻き込むわけにはいかぬ――。

「シロ様」

顔をあげたシロの目に、従業員たちの姿が映った。

みな、小夜子と同じだ。シロのために協力するつもりでいる。

シロに、そのような価値があるのだろうか。

従業員を巻き込んで、選択して——また間違わないとも限らない。

怖いのだ。

シロは間違えた。

その間違いのせいで、多くの同胞を死なせた。シロと対の存在であった神使の黒陽《こくよう》も失い……すべて、取り返しがつかない。

くり返してしまうのが恐ろしくて堪らなかった。そのせいで、問題を先送りにし、九十九への答えも出せずにいる。

こんなシロには、責任などとれない。

「九十九……」

無意識のうちに九十九を求めていた。神の端くれなのに、ひどく情けない声だ。この場で、一番しっかりせねばならないのは、シロだというのに。

九十九ならば、「もっと威厳を持ってください」とか「しっかりしてくださいよ」と、文句を言うだろう。

けれども、名を呼んだことで一気に意識が九十九へ向かう。

九十九は……ひたすらまっすぐだ。

いつだって一生懸命に、客の要望に応えようとする。全力でぶつかって、満足させようと努力するはずだ。シロにとってはくだらぬ、放っておいてもいいわがままの類にだって、常に本気でぶつかっていった。

九十九ならば。

ここは湯築屋。

天照は客だ。

九十九ならば、客である天照の想像を超える方法で、要求を叶えようとするだろう。

ただ欲しいものを与えるのではない。己のやり方で、客を納得させる。一人ではなく、いつも周囲を巻き込んで。

失敗や間違いを恐れず、九十九はいつもやり切ってきた。

そんな姿を見守るのがシロの役目だ。

今度はシロが、示すとき。

「……儂だけでは、九十九を救えぬ」

神である以上、シロに天岩戸を崩すのは不可能だ。あの結界は、例外なくすべての神の力を弾いてしまう。

「お前たちに、協力してほしい」

天照の想定を超える〝輝き〟を見せてやろうではないか。

まだ恐れはある。

シロは、間違っているかもしれぬ。

それでも、シロが湯築屋の主だ。であれば、相応のも、て、な、しが必要であろう。

「天岩戸を破る」

通用するかは賭けであった。

なにせ、試したことがない。天岩戸など、見るのは高天原以来である。シロは、その性質を知っているが、熟知していない。

「ど、どうやって……？」

みなが息を呑む中、コマが不安そうに声を漏らした。同時に、シロの策に期待の眼差しも含まれている。

「絶対という保証はできぬ。失敗するやもしれない。正直、儂には自信がないのだ……それでも、お前たちは協力してくれるか？」

シロの声に覇気はなかった。

湯築屋の主はシロなのだから、この場を引っ張る役割をしなければならない。

九十九は――まだ娘だというのに、いつもこのような役目を担っているのか。いまさらになって、彼女の存在の大きさを実感する。

「もちろんです」

最初に返事をしたのは、碧であった。続いて、八雲や小夜子、幸一もうなずく。将崇はやや遅れて、顔を赤くしながら「仕方ないな」と腕組みする。

「白夜命様に、ついていきますっ」

コマも耳までピンッと、立てて気合いを入れている。シロは少しだけ口元を緩め、コマの頭をひとなでしてやった。この子狐を、みんながなでる理由がよくわかる。心持ち力がわいた。

シロはようやく、胸を張る。

「天岩戸は鉄壁ではない」

さきほど、碧が薙刀を持ち出したとき、天照は攻撃を止めた。

身代金の要求を告げるため……そうではないのだろう。天岩戸が鉄壁で、いかなる攻撃も弾くのであれば、防御の必要はない。碧の攻撃も、そのままにしておけばよかったのだ。

しかし、天照はわざわざ神気を使用して、碧の攻撃を止めた。

碧の攻撃を、天岩戸に到達させないためだ。

天岩戸はどのような神をも寄せつけぬが――相手が人ならば？

神の力を依り代に使う八雲の術は防がなくともよい。が、碧はまったく神気を使えぬ只人だ。天岩戸を壊す力はなくとも、外観に揺らぎを生じさせた可能性はある。それを悟られたくなくて、あえて攻撃を止めたのだろう。

天岩戸を開くのは神ではなく、人の力なのだ。

ただ、だからと言って正面から人力で突破できるとも思えなかった。碧の武力は高いが、天岩戸を物理的に突破するのはむずかしい。負担も計り知れなかった。

「準備を頼めるだろうか」

シロは自分の考えを述べ、従業員たちに計画を話す。いつも見守る側なので、こういうことには慣れていない。

それでも、彼らはシロのために動いてくれた。

「やってくれるな？」

「はいっ」

一通りの計画を告げると、みなうなずいてくれた。それぞれの役割をふっていくのは、碧にまかせておく。誰がなにに向いているかは、シロよりも仲居頭のほうが、よく知っているだろう。

「シロ様は、どうされるんですか……？」

これから、忙しくなる。慌ただしく準備がはじまろうとしたとき、小夜子がシロに問う。

天岩戸が神の力を拒絶する以上、従業員が担う役割が大きくなる。ほとんど、彼らにまかせる形となってしまう。

だが、シロにもやっておくべきことがある。此度は、ただ見守っているわけにもいかぬ。もう一押し必要だった。

「儂は少し席を外す」

天岩戸を破り、天照の望む輝きを示す。そのためには、シロも相応の準備をせねばならなかった。

「わかりました」

小夜子や、他の従業員も、シロがなにをするのか聞かない。ただ、自分たちに与えられた仕事を呑み込んでいるようだった。

シロは踵を返して、湯築屋の庭へと向かう。従業員たちも、それぞれの役割を果たしに行った。

「あのさ」

須佐之男命だけが、シロのあとを追ってくる。

「姉上様がご迷惑をおかけしました」

珍しく、ていねいな口調であった。

須佐之男命は頭を掻きながら、やりにくそうにシロから目をそらす。

「こんなやり方、たぶん……俺のせいだと思うんで」

此度の原因が自分であるという話ではない。

須佐之男命には、天照が九十九のために動いているのが、わかっているのだろう。そういう口ぶりであった。従業員の前で言わなかったのは、シロの体面を守ってか。本当に、らしくないことをしてくれる。

「姉上様、ちょっと不器用だからさ。俺に似ちまったんですかね」

天照は高天原で、須佐之男命と争えなかった。本気で衝突するつもりだった須佐之男命をかわし、天岩戸へと逃げてしまったのだ。

それは天照に原因があったのだろう。弟神と争って、向きあう勇気がなかった彼女に非があると、シロは考えている。

後悔を引きずっているからこそ……天照は今回、九十九に力を貸した。

わかりあえぬまま永い刻《とき》を過ごす、シロと天之御中主神を憐《あわ》れんだのかもしれない。

天照と須佐之男命のようにはしたくなかったのだろう。

余計なお世話だ……。

だのに、不思議と天照に怒りはわかなかった。

「他の神に世話を焼かれねばならぬのも、情けない話だ」

シロは感情を表に出さぬよう、淡々と述べる。

須佐之男命は、居心地悪そうに苦笑いした。

「まあなぁ……そう言われちまうと、俺も受売命や天手力男神《あまのたぢからおのみこと》には頭があがらねぇんですけどね」

高天原で、天照を岩戸から出すのには苦労させられた。なにせ、あそこには神しかいない。みなで案を出して、悩んだものだ。

一応、須佐之男命には、迷惑をかけた自覚はあるようだった。

「姉上様が逃げやがって、まあまあショックだったんですよねー……俺」

須佐之男命は天照と争う――喧嘩をするつもりであった。

自分の庇護《ひご》する森林が傷つけられるのを見過ごせず、本気でぶつかったのに、天照は須佐之男命を避けてしまった。

「天照はお前を一度、殴ったほうがいいと思うのだがな。九十九はいつも、儂を殴り飛ばしてくれるぞ」

「それとこれとは、別でしょうよ。あと、俺は殴られてぇわけじゃありませんし。あなたと違って」

まるで、シロが殴られたがっているような言い草だ。心外である。そうして戯れているほうが、九十九が元気になるので嬉しいだけだ。

シロは不機嫌に、唇をむっと引き結んだ。

「姉上様は、お優しすぎるんです」

「甘いの間違いだろうよ」

天照は、人間を選んだ。

同時に、須佐之男命の守りたいものも理解し、尊重した。

彼女が愛する人間が、木々を拓き、山を削っていく未来も、見えていたのだろう。今の文明は、昔の須佐之男命が危惧したとおりになっているのかもしれない。

湯築屋を開いたとき、須佐之男命は一本の樹を寄越した。

地上におりた須佐之男命は、人間たちを許している。天照の言わんとしたことを理解し、考えを改めた。そんな彼が、自らの毛をわざわざ湯築屋に植えたのである。

最初はなんのつもりかと思ったが、後にしてシロも理解した。

湯築屋は、人と神を繋ぐ場だ。

人の営む湯屋に、神々が訪れる。架橋となれるようにと、須佐之男命はここに樹を植えていった。

その樹は湯築屋の幻影の一部と一体となりつつも、今現在も生きている。

天照は須佐之男命と向きあおうとしない。しかし、須佐之男命は彼なりに天照を理解していた。

やはり、この二柱は一度、殴りあいでもしたほうがいいのではないか——しかしながら、その場所として湯築屋を貸すのも気がのらないので、シロはあえて、提案しないでおく。

「姉上様をよろしくおねがいします」

柄にもなく、できた弟のような態度をとられると、こちらの調子が狂う。シロはため息で返した。

「よい。疾《と》く行け。儂は忙しい」

「ありがとうございます」

雑に対応したのに、須佐之男命は清々しい顔で去っていく。癪だ。まだ、なにをしてやったでもないのに。

「………」

湯築屋の庭に、シロは独り。

幻影の雪が続いているが、積雪量があがることはない。静かに舞う白は、花びらのごとく軽やかであった。木々に実った千両の赤が鮮やかで、花のようだ。

全部、シロが創り出した幻。

紛いものである。

幻の庭に、出来損ないの神――シロは、ただ立っていた。

やがて、スッとまぶたを閉じる。

「不本意だが」

九十九のためだ。と、言い聞かせても、気持ちはよくない。

辺りが、シンと、水を打ったかのごとく静まり返る。すべてが消え失せ、虚無となる感覚。五感が伝えるあらゆる情報が遮断され、なにもかもが沈黙していく。

再びまぶたを開けると、眼前には虚無が広がっていた。幻の庭も、雪も、赤い実も、なにもない。

闇とも光とも言えぬ、黄昏の藍の瞬間を映したかのような空間。

何者も招き入れず、なんの幻影も創り出さず、湯築屋が存在しなければ……ここが、本来、シロの住む場所であった。

「…………」

そこへ、白い影が一筋。

水辺に舞い降りる鳥のよう。

白い翼のはためきだけが、空間を震わせた。墨色の髪も、まとった衣も、重力に抗《あらが》うかのごとく、ひらりひらりと揺れている。

紫水晶を宿した瞳が、こちらを向いて微笑した。

忌々しい――が、シロと表裏の存在。本質的には、同一の神である。

『我《わし》を呼んで、どうする気かの？』

天之御中主神の口ぶりは、好かぬ。

嘲《あざけ》られている気もして、それだけで虫唾《むしず》が走る。

「わかっておるだろうに」

『其の口から聞くことに、意味があるのだろうよ』

シロの目的なぞ、天之御中主神には筒抜けだ。だのに、わざわざ問われる意味がわからない。ただ戯れているにすぎなかった。

「九十九を救いたい……方法は、従業員にも説明しているのを聞いておったろう？」

『然《しか》り。で、其方は我になにを望む？』

あくまでも、能動的には動かぬ。天之御中主神は、そういう神だ。此度もやはり、シロの選択を待っているのだった。

シロは、わずかに目を伏せる。

浅く息を吐き、吸うと、思考がいくらか明瞭《めいりょう》になった。

「儂に力を貸せ」

外界で九十九に危機が迫ったとき、シロは天之御中主神の力を頼った。シロは結界の外へ行けない。檻を開け、天之御中主神を外へ出す形でしか、介入できないのだ。

今回は違う。

これは……九十九が望む形での対話ではないだろう。天照も、輝きとは認めぬはずだ。

しかし、シロにとっては、天之御中主神への初めての要求であった。

『ふむ。その選択――』

天之御中主神が、奇妙に口角を持ちあげた。興味深そうにシロを見据えて、笑っている。シロの選択に驚き……満足しているようだった。

『面白いの』

従業員たちが、今、天岩戸を破る準備をしている。

シロも相応の覚悟をしなければならない。

2

また眠ってしまった。

九十九は眠りを自覚していながらも、いつ意識がなくなったのか定かではない。そもそも、天岩戸に入ってから、どの程度の時間が経過したのかも謎だった。

天岩戸では、夢と現実の境界があいまいなのかもしれない。

覚醒したと思ったら、すぐ夢へと戻されてしまう。逆に、夢から現実へと、スッと移っていく瞬間もある。起きていようと意識しても無駄だ。この空間では、無意味な足掻きなのだろう。

ただ常に、近くに天照の神気を感じていた。

温かくて大きくて、優しく包んで守ってくれるような神気だ。夢うつつでなにもかもが安定しないのに、不安は一切ない。九十九は今、囚われているのに、不思議と守られている気がした。

「あ……」

九十九の目の前を、通り過ぎていく影があった。

真っ白い夢の空間には、なにもない。しかし、時折、黒い靄みたいな影が浮かんでは、通り過ぎていくのだ。人の形をしているが、誰のものだろう。触ろうと手を伸ばしても、霧みたいにすり抜けた。

やがて、徐々に背景が浮かんできた。白かった空間に建物が浮きあがり、影がどんどん人の形をしていく。

一番近い場所に立つ影——人相がはっきりとしており、自然と目が惹かれた。

女の人。

月子……に、似た面影を持つ人だ。黒い髪や、凛とした表情は月子を彷彿《ほうふつ》とさせる。けれども、まったく別種の神気をまとっていた。

湯築の巫女だと、直感する。

九十九よりも、もっと以前に巫女をつとめた女性だろう。小袖の衣や髪型から、現代ではないのがわかった。湯築屋のアルバムでも見たことがない顔である。写真が残っていないような時代なのだろう。

巫女は代々、女将も兼任してきた。彼女が働く姿は、きびきびとしていて、九十九も憧れる立ち振る舞いだ。

ここは、かつての湯築屋だろう。

部屋や建物の様子が、現在とはずいぶん異なる。そういえば、今の湯築屋の外観は、明治時代に道後温泉本館が大改修を行った際に決まったと聞いた。できあがった本館を見たシロが、湯築屋も似た建物へと変えたらしい。

九十九は、なんとなく巫女について移動した。夢の中だから、誰も九十九に気がつかないし、触れることさえできない、シロの過去を見せてもらったときと同じだ。歩かなくとも、ふわふわと無重力状態で移動できる。

「あ……」

九十九の視線が、一点で静止する。

絹束のごとき白い髪に、大きな獣の耳。長い尻尾を揺らす様は、今となにも変わっていない。琥珀色の瞳は、月も星もない空を仰ぎ、手にした盃《さかずき》を傾けている。

濃紫《こむらさき》の狩衣《かりぎぬ》は、初めて見る装いだが……シロだった。時代によってシロの衣も変化しているのだ。しかし、容貌《ようぼう》に変わりはない。九十九の知るシロだった。

「あれ?」

巫女がシロのそばを通りすぎる。シロも、その巫女には一瞥《いちべつ》もくれなかった。ただ独りで、酒を愉しんでいる。巫女のほうも、とくに気にする素振りがなさそうだった。

互いにこれが自然で、正常。当たり前という態度である。

特別な興味はない。そんな雰囲気だった。

湯築の巫女はシロの妻だ。

けれども、そこに恋愛感情がある必要はない。政略結婚のような……ビジネスライクな関係だと、九十九も理解している。

わかっているが、実際、目の前にすると微妙な気持ちになった。物心つく前に婚儀を終えた九十九は、シロが他の巫女と、どのように接していたのかわからない。そこには、九十九の知らないシロの姿があった。

夢が揺らぎ、湯築屋の様相が移る。

少し時代が進んだのだろうか。シロの装いが、藤色の着物に濃紫の袴《はかま》になっている。

だが、装束が変化しても、まとう色や空気はそのままだ。シロという神様が不変であるという象徴のようにも感じた。

「シロ様」

シロに呼びかける女性がいた。やはり、月子と似た面影があるけれども、どちらかというと、登季子に顔が近い。

この人も、巫女なのかな……。

でも、さきほどの巫女とは雰囲気が違った。シロに穏やかな表情を向け、手になにかの包みを持っている。

シロのほうも、優しげな眼差しで巫女をふり返った。さっきの、巫女を無視して酒を飲んでいたときとは、まったく違う顔だ。

そして、九十九に向ける表情とも異なっている。

この夢に現れるシロは、みんな九十九の知らないシロだった。

「巷《ちまた》で流行っているそうですよ。よろしかったら、お使いください」

朗らかに笑いながら、巫女が差し出したのは煙管《キセル》であった。

「ふむ……」

シロは興味深そうに煙管を手に取り、ながめる。

羅宇《ラウ》の部分は違うが、雁首《がんくび》の意匠は現在のシロが愛用している煙管と同じだった。シロの煙管は、この巫女が贈ったものだったのだろう。

シロは煙管を気に入ったようだ。くるりと指で回して、口に当ててみせる。

「これが、粋《いき》な男という奴か？」

煙管を吸うふりをしながら、シロは満足げに胸を張った。その仕草が、今とあまり変わっていなかったので、九十九は思わず噴き出す。

「はい。粋でございますよ。天照様にご自慢できますね」

「天照は、また二枚目だか三枚目だか知らぬが、役者にうつつを抜かしておるからな。儂を田舎くさいなどと言いよって」

「シロ様は、並みの歌舞伎役者よりもお美しいですよ」

「そうであろう？」

歌舞伎役者……天照様、昔からそうだったんだぁ……シロと巫女のやりとりに、九十九は苦笑いする。

巫女とシロの会話は想いあっている、という雰囲気ではない。が、互いに認めて、寄り添っていると感じた。家族のように親しい関係なのだろう。

シロは、いつだってシロだ。

しかし、巫女との距離は相手にあわせていた。

距離を置くことも、家族みたいに接することもある。巫女によって、適切な距離を見極めているのだ。

そうやって、何人もの巫女を見送ってきた。

九十九は知っている。シロが心を許したのは、今まで月子だけだった。月子を求めて、湯築の巫女たちと契りを結び続けている。九十九と出会うまで、ずっとずっと、そうやって存在してきた。

シロは、どのような気持ちで巫女たちと暮らし、見送ったのだろう。

考えれば考えるほど、胸が苦しい。

永く寂しい時間を、シロは過ごしてきた。

巫女だけではない。従業員や、湯築屋に関わる人。何人も何人も、シロは見送り続けているのだ。

シロは変わらない。

訪れる神様たちも。

けれども、かえってそれが残酷にも感じられた。

「シロ様」

九十九は、シロに触れたくて手を伸ばしたが、夢の中では届かない。九十九の指は、シロの肩をすり抜けた。

今、堪らなくシロに触れたい。

顔をあわせて、話したかった。

胸の奥が縮こまるみたいに、キュッと痛む。

九十九の選択は、間違っているのだろうか。

シロは永遠と呼べる時間を生きるのに、九十九は過ぎ去ってしまう。シロはようやく、九十九に心を許してくれたのに……九十九は永遠を選ばなかった。

正しいはずだ。納得して、そう決めた。

なのに、シロを見ていると、決意が揺らぐ瞬間がある。

「選びなおしますか?」

どこからか、優しげな問いかけが聞こえた。

子供をあやす母親の声音だ。

しかし、試す響きも含まれていた。

神は時折、人に試練を与える。

「天照様」

問いかける者の姿は見えないが、九十九は問いに虚空を仰ぐ。

夢の中でも、湯築屋の空にはなにもない。月も星も、雲も存在しない虚無の藍が広がっている。

「わたしは……わたしでいたいんです」

選びなおしたほうがいいかもしれない。

その気持ちはある。

迷って、揺れて、悩んで。

九十九は駄目だ。全然駄目だ。不完全だ。心が決まりきらない。いまさら揺らいでしまう。迷いが捨てられなかった。

でも、やはり……永遠を選ぶ九十九を、シロは喜ばない気がするのだ。

九十九は、九十九ではいられなくなる。

別のなにかになった九十九を、シロは喜ぶのだろうか。

選択を変えたところで、神様にとって、本質は同じなのだろう。九十九という存在が失われてしまうわけではない。

だけど、九十九は人でいたかった。九十九にとっては、人であることも自分の本質だと思うのだ。

シロも、そう考えてくれている。

だから九十九は、このままでいたい。

「やはり、愚かですね」

声が背後に移動していた。

九十九をうしろから抱きしめる手。

白く、細く、儚く、しかし、強く、しなやかで、優しくて。小さいのに、とても温かい熱が、九十九の肩に絡みつく。

このまま身を委ねて、堕ちていきそうになるくらい心地がよい――。

「愛していますよ」

天照の囁《ささや》きが耳元を湿らせる。肩を抱いた手は、ゆっくりと、九十九の細い首へと移動していく。

温かいのに、背筋が凍りそうだ。身体が震えて動けない。

「そういうの、大好き。輝かしいです」

首から顎へ、顎から下唇へ、順に指先がまとわりつくように触れていく。

このまま身を委ねていればいい。優しく甘美な快の中に、ずっといられる。夢と現実を行き来しながら、ただ天照に飼われていれば、なんの苦しみもないだろう。寂しさも、迷いも、全部忘れられる。

魅惑的な誘惑が九十九を蝕《むしば》んでいった。

「来て」

天照の囁きに、意識を手放しそうだ。夢よりも、もっともっと、深い場所へと落ちていこうとしていた。

けれども、目を閉じようとした九十九の視界を、黒い影が過る。

黒い……狐？ 見覚えのあるような、ないような、不思議な影の存在に、九十九は、はっと自分を取り戻す。

辺りを見回すと、影の存在はない。代わりに、夢の中なのに……シロがこちらを見ていた。

九十九の存在を認識しているのだろうか。わからないが、たしかに、シロと目があったような気がした。

「――――」

九十九はキュッと唇を引き結んだ。

そして、天照の手を払いのける。

「わたしは、稲荷神白夜命の妻です」

拳をにぎりしめた。

手には……薄くて、軽い羽根の存在がある。天之御中主神の羽根。神聖な輝きを放つが、九十九の掌に宿っている。

ここは天岩戸なのに、どうして羽根が……九十九は戸惑った。天之御中主神は神だ。神の力を退ける天岩戸で、力を行使できるはずがない。

「あら、まあ！」

天照は意外そうに目を見開いている。天照にとっても、想定外だったのだろう……いや、喜んでいる？

「面白いではありませんか！」

天照の大きな瞳が、キラキラと揺れた。頬が紅潮し、夢見心地な表情だ。推しのアイドルを見ているときと、同じくらいの笑顔が咲いていた。

ただ天之御中主神の羽根が出現しただけで、天照がここまで喜ぶだろうか。

「これって……」

羽根を両手で持ち、九十九は改めて観察する。

白い羽根の細部が、ガラス細工のような透明な色彩を放っていた。キラキラと、周囲の光を取り込んで複雑な色を反射している。

純白ではない――天之御中主神の羽根ではなかった。

神である天之御中主神の力は、天岩戸に通用しない。ここに、天之御中主神の羽根があるわけがないのだ。

これは、九十九の神気を結晶化したときの色に近い。

九十九の力だ。


――できるじゃないの。


誰かが微笑む声がした。遅れて、たぶん、どこかで月子が見ていてくれているのだと悟る。

九十九は羽根をにぎりなおした。

いつの間にか、羽根は掌ではおさまらぬ長さに伸びている。手をふると、遠心力にあわせて、さらに長く。まるで、弓だ。

九十九が本能的に、弦《げん》を引くように羽根を構えると、神気の矢が出現する。水晶のごとく透明な弓と矢だ。

弓道なんてやったことがない。それなのに、どこをどう狙えばいいのか、九十九は感覚的に理解していた。身体のほうが導いてくれているみたいに、勝手に動く。

九十九が意識を集中させると、天照の神気にわずかな揺らぎが見てとれた。夢と現実があいまいになっている境目があるのだ。

あそこを射貫けばいい。

ぐっと弦を引き、矢を放つ。

まぶしい閃光が迸り、矢はまっすぐに飛んだ。夢の湯築屋を貫き、現実との狭間へと一直線に目指す。

矢の軌道は稲妻の一閃にも匹敵する。九十九に強弓《ごうきゅう》を引く力などないのに、不思議だった。夢の中だからだろうか。

「本当に……美しいですわ」

天照の声。女神の顔は見慣れているはずなのに、鮮やかな記憶として九十九の脳裏に刻まれる。それくらい、可憐で……魅惑的な笑みであった。

だが、その顔にガラスのような亀裂が走った。

夢の湯築屋が、割れる。

かつてのシロも、巫女も、なにもかもが粉々に砕けていった。空間に無数の亀裂が入っている。

穏やかな日常を九十九が壊したみたいな気分になって、少し寂しさを感じた。

一枚ずつ割れて落ちていく破片の山が、これまで積みあげてきた湯築屋の時間を象徴しているかのようだ。

「ふ……」

九十九の身体が重くなる。

無重力の状態が解け、身体が体重を取り戻したかのようだ。急速に、夢から現実へと戻っていく感覚に、目眩《めまい》がした。

すぐに二本の足で立っていられなくなって、身体がよろけてしまう。九十九は耐えられず、その場に膝をついた。

「畳……？」

うずくまった九十九の足元は、湯築屋の庭ではない。虚無の藍色でもなく、客室の畳であった。視線を巡らせると、工作用のハサミやテープも落ちている。

夢から醒め、石鎚の間へ帰ってきたのだ。

けれども、手には、羽根の弓がにぎられたままだった。

あれは夢であり、夢ではなかった――九十九は現実の世界で、天之御中主神の羽根を、いや、自分の力を駆使したのだ。

夢以外で、この力を上手く使ったことはない。

九十九は自分の力で、夢から抜け出して戻ってきた。月子や登季子との修行では成せなかったことだ。

初めて……できた。

「なんで」

だが、不可解でもある。

九十九の神気の特性は、守りの力。そして、後天的に発現した引き寄せる力だ。この弓は、どちらの特性にも属していないではないか。そもそも、どうして弓の形になったかも、九十九にはわからない。

身体が怠いのは、夢から醒めたばかりだからか。それとも、身の丈以上の力を使ったからか。激しい運動をしていないのに、息が荒くなって肩が上下していた。

すぐに立ちあがれなくて、九十九は両手を畳についてしまう。這いつくばっているみたいで、惨めだった。

「大丈夫ですか」

天照が、九十九の眼前に立つ。

手草《たぐさ》を持ちあげ、凛とした表情を作っている。唇には余裕が湛えられているが、瞳は警戒の色を浮かべていた。

優しさと魔性をまとっていた夢の中とは違い、凛として勇ましい面持ちだ。まるで、戦う準備でもしているようだった。

「な、なんとか……」

九十九は壁に手をつき、身を起こした。透明な弓は消え、もとの白い羽根へと戻ってしまっている。

全部夢だったのではないかと錯覚しそうだ。現実という感覚が、まるでない。

「どうやら、外も準備が整ったようですね」

準備？

天照が、なにを示しているのか、九十九には判断がつかなかった。

それよりも、身体が重い。気を抜けば、再び眠りに落ちてしまいそうだった。まぶたを開けているだけで精一杯だ。

「……音楽？」

それどころではないはずなのに、鼓膜を揺らすのはかすかな音色だった。

九十九は聞き逃すまいと、耳をすませる。

どこからか、鉦《かね》のような音が漏れていた。太鼓も……お祭りみたいな雰囲気だが、なにかが違う。耳慣れているようで、聞き覚えがない。

天岩戸の外側からだ。

さっきまで、なにも聞こえていなかったのに。そもそも、天岩戸は結界だ。外部の音は遮断され、届くはずもない。

なにが起きているのだろう。

天照は嬉しそうであった。

「さあ、本番ですよ」

大きな目を輝かせている様が、宝箱を前にした可憐な少女そのものだ。これからなにが起こるのか見定め、本気で楽しもうとしている。

天照の期待と比例するように、音色はだんだんと大きくなっていく。

「天岩戸が」

驚いたのは、太鼓の音にあわせて、神気の流れが少しずつ揺らいでいることだった。天照の神気によって守られた天岩戸は、あらゆる神を拒む鉄壁の結界だ。それなのに、明らかな歪みが生じている。

どういうことだろう。

「あ……これ」

この音。

思い当たった瞬間、九十九は、はっと顔をあげる。

やっと、記憶と記憶が繋がった。思い出してしまえば、どうしてわからなかったのだろう、と不思議になる。頭が回っていなかった。

「念仏……？」

太鼓と一緒に、何人かの声が聞こえている。歌ではない。一心に、なにかを唱えているのだと気づいたのだ。

南無阿弥陀仏《なむあみだぶつ》、南無阿弥陀仏と唱えるのは、おそらく従業員たちである。部屋の外で太鼓を叩き、鉦を打ち鳴らしていた。

念仏に呼応して、天岩戸の神気が揺らいでいるのだ。なんとも言えぬ異様な現象に、九十九は固唾を飲む。

「なるほど」

天照が興味深そうに笑う。その顔が、どことなく好戦的で、この状況を純粋に面白がっているのだと確信した。

「来ましたわよ」

「え？」

九十九たちの目の前で、空気に一筋亀裂が入る。ガラスが割れるように空間が裂ける様が奇妙で、何度も瞬きしてしまう。

空間の切れ目から、浄化されそうな白い光が漏れる。九十九はまぶしくて、堪らず両手で光を遮った。

漏れ出ているのは光だけではない。

強い神気――シロと天之御中主神の神気であると気がついた。

「なに、が……？」

あふれ出す神気に呼応して、九十九の懐でなにかが動く。

着物の胸元を探ると、肌守りが二つ出てきた。

一つは、シロの髪をおさめた肌守りだ。依《よ》り代《しろ》にし、シロの神気を駆使するのに必要なもの。

もう一つは、天之御中主神から授けられた肌守り。こちらには、九十九の髪が入っており、自らの力を制御するために使う。

さきほどの弓。

九十九は、天照の夢を壊した。そう思っていたが、違うのではないか。

無意識のうちに、九十九は弓を引くことで――外から神気を引き入れていた。あれは夢の中で、九十九が天岩戸にシロたちを引き寄せたのだ。

「まさか、神が天岩戸に挑むだなんて……！」

天照は恍惚の表情で、白い光を見据えていた。だが、一方で手草をかざし、勢いよくふりおろす。

手草は一瞬で灼熱《しゃくねつ》を帯び、青銅《せいどう》の一振りへと変化した。

草薙剣《くさなぎのつるぎ》。

三種の神器として伝わる剣だ。須佐之男命が天照に献上したとされる剣で、天照の子孫たる天皇家の正統性を示すものである。

厳密には、天皇家の草薙剣は一度失われていた。しかしながら、天照が扱う場合の効力には違いがないらしい。あくまで、神器は神気を込める依り代であり、力に耐えうるだけの器であれば、なんでもいいという理論だ。

天照が草薙剣をふるうと、離れた位置にいる九十九まで熱気に晒された。こんなもので斬られたら、人体など蒸発しそうだ。それを扱う天照も、常軌《じょうき》を逸している。人間には真似できぬ神の御業であった。

何度目の当たりにしても、神話の領域だ。

しかし、天照がふるう一太刀は、途中で停止する。

亀裂からあふれる神気が増し、押し戻されるように天照はうしろへとよろめいた。

「シロ様……！」

数秒もせぬうちに、白い光を放つ裂け目を潜って、シロが押し入ってくる。光を背にしたしなやかな白髪や、神秘的な色を宿した琥珀の瞳を見た瞬間、九十九の身体から力が抜けていく。

天岩戸が、破れた。

「南無阿弥陀仏、南無阿弥陀仏」

さきほどよりも、太鼓や念仏がはっきりと聞こえる。

一遍上人の踊り念仏だ。南無阿弥陀仏と唱えれば、極楽浄土へと導かれるという教えのもと開かれた時宗。

神と仏は似ているが、性質が異なる。神気と瘴気を併せ持った鬼や、幽霊、妖たちが別の理で存在しているのと同様、明確に区別されていた。

人が自らの力で悟りを開き、至るのが仏だ。神が救わぬ者をもすくいあげる信仰であり、定義は宗派によって様々。特に、何人《なんぴと》も救うという理想のもと念仏を広めたのが、一遍上人である。

神の力が通用しない天岩戸。神によらぬ人の力――念仏を唱え、祈る力が結界を揺るがしたのだ。そこへ、九十九の力があわさって、シロを天岩戸に引き入れるのに成功したのだろう。

天照はシロの結界の穴を突いている。

逆に、シロも天岩戸の弱点を利用したのだ。

一つひとつの要因は無力である。それぞれの要素があわさり、絡みあうことで、強固な結界を突破するに至ったのだ。

それでも、九十九には一点わからないことがある。

「シロ様……天之御中主神様は？」

夢の中で、九十九は自分の力を使った。

しかし、最初は天之御中主神が助力したように感じたのだ。九十九が夢で羽根を持っていたのは、天之御中主神がそうさせたからだろう。

思えば……天岩戸があっても、夢では天之御中主神と繋がっていられた。あの神は、九十九に夢を通じて語りかけている。

夢は結界の内側であり、外側へも通じていた。

直接、神気を使えるほどの強い繋がりはなかったが……九十九に力を使わせるよう、仕向けることはできたのだろう。

天之御中主神が、天岩戸を破る助力をしたならば、シロは――。

「すまぬ、九十九」

シロは九十九に視線をくれるなり、短くつぶやいた。その謝罪は、「すぐに助け出せず、すまぬ」という意味ではない。

「九十九が望むような対面はできておらぬ」

シロは天之御中主神に、助力を請うたのだ。そうでなければ、天之御中主神が力を貸すはずがない。あれは善意で自分から歩み寄るような神ではないのだ。

対面はした。

しかし、九十九が望む――互いの存在を認めあえる話はできていない。そういうことなのだろう。

少し残念なのかもしれない。

いや、そうだろうか。

九十九には、そうは思えなかった。

「大丈夫ですよ、シロ様」

身体に力が上手く入らない。声が震えて、弱々しくなってしまう。疲労が限界に達して、起きているのがやっとだ。

それでも、九十九は精一杯の笑顔を作った。

「次は、わたしがついています」

シロに、きちんと天之御中主神と向きあってほしいのは、九十九のねがいだ。九十九が、シロにそうしてほしいから。

シロだけには背負わせない。九十九が一緒に……いや、二柱の架橋になる。

だから、今はこれでいい。

なによりも、シロが天之御中主神と協力して天岩戸を破ったのが嬉しかった。前進だと信じたい。

「念仏に、巫女の力、別天津神の助力……なるほど、どれも小さくて弱い。それでも、天岩戸を打ち破る力となってしまったのですね」

事象を冷静に分析しながらも、天照の口調は熱を帯びていた。早口で、息継ぎをしないまま言葉を継ぐ。

「素晴らしい輝きではございませんか。わたくしの期待値を超えておりますよ」

天照はうっとりとして、しかし、草薙剣を構えながら笑う。

そして、躊躇なくシロへと刃の切っ先を向ける。

灼熱をまとう草薙剣を、シロは右へ左へと難なくかわした。

「充分、見せていただきましたが、欲もございます」

戦っているのに、優雅な所作であった。まるで、神楽の舞い手のように、天照は身を翻《ひるがえ》しながら草薙剣をふる。

得物を持たぬシロは、避けるばかりで間合いに入れない。天岩戸への侵入はできたが、結界は消滅していなかった。まだ天照の領域と言ってもいいだろう。

「シロ様！」

九十九には、なにもできない。力もたくさん使って、壁伝いに立っているのがやっとである。

シロはどんどんうしろへさがり、壁へと追い詰められていく。九十九には、この状況が不利に思えてしまう。

天照も、有利を感じているからこそ、シロへ挑むのだ。本来、湯築屋の結界でシロとの対決は自殺行為に等しい。それが今は完全に覆っていた。

なのに、シロの表情は涼しいままだ。

苦戦をしているという気配をまったく感じさせない。こちらも、舞のように、優美で耽《たん》美《び》で……ため息が出そうだった。

九十九になにかできるはずもない。

神話の一場面のような両者に、ただただ見惚《みと》れるしかなかった。

「…………！」

けれども、美しい絵画のごとき対峙《たいじ》は長く続かない。

気がついたときには、すべて壊されようとしていた。九十九は思わず、両手で口元を押さえてしまう。

「姉上様」

シロが破り、こじ開けた天岩戸の裂け目。

そこから飛び出した影が、天照の背後に迫っていた。

「気は済んでやがるでしょうがッ！」

天岩戸に飛び込んだのは、須佐之男命であった。

外から勢いでもつけていたのだろうか。真横に跳ぶような蹴りが、天照の後頭部目がけて炸裂《さくれつ》していた。

「え、ええええー！」

九十九は叫んでしまった。シロは不敵に笑っている。

天照が察知してふり返るが、遅い。草薙剣で顔面をガードするので精一杯であった。

「須佐――」

天照の身体が勢いよく撥《は》ね飛ばされる。

華奢《きゃしゃ》な見目の少女が見事に後方へと吹っ飛び、客室の木戸を突き破っていった。身体はそのまま廊下を飛び越え、庭へと転がる。

天岩戸はすでに揺らいでいた。内側から天照の身体が扉にぶつかった衝撃で、完全に崩れてしまったようだ。

辺りに漂う神気が薄れ、シロの結界へと変じていく。

「す、須佐之男命様……」

神話の一場面を想起させる神々の対峙を台無しにしたとも考えられるが、いや、本当ならば正しい。戦いの早期終結は望ましい結果である。

けれども、跳び蹴り一つで乱入した須佐之男命に、九十九は戸惑いを隠せなかった。これでいいんですかね？

「お前は、まったく」

シロも、呆れて息をついていた。

一方、須佐之男命は悪びれもなく、ニカッと笑っている。

「悪い。少々、この場をお借りしますよ」

ちょっとお邪魔しますよ、とでも言っている空気だった。シロは不服そうに口を引き結び、なにも言い返さなかった。

「須佐之男！」

庭へ放り出された天照が身体を起こし、甲高く叫んでいる。邪魔をされて怒っているようだった。

対する須佐之男命は、指の関節をパキパキと鳴らしながら石鎚の間を出て、庭へとおりていく。

喧嘩でもしそうな雰囲気だった。

しかし、須佐之男命の顔は楽しそうでもある。

「姉上様、気は済んでいやがるでしょう。とっとと撤収なさいませ。見苦しいにもほどがあるってんですよ」

須佐之男命が、正論を言っている。その衝撃で、九十九は頭が真っ白になった。

いや、彼だってまったく正論を言わないわけではない。ただ、天照を相手に、このような態度の須佐之男命を見るのが初めてで、九十九は意外に感じてしまったのだ。

「いいところでしたのに。斯様な水の差し方、ございますか⁉」

「ございます、ございます。今、俺が致しました」

「空気を読めと言っているのですよ！　開きなおらないでくださいませ！」

「それくらいの字は読めます。馬鹿にしてやがりますか？」

「馬鹿にしているのは、そちらでなくて⁉」

天照は喚き散らしながら、渾身《こんしん》の力で、手にしたものを須佐之男命に投げつけた。草薙剣だ。

ええ……三種の神器、そんな雑に投げないでくださいよ！

須佐之男命は軽く首をそらして避けるが、草薙剣はサクッと湯築屋の柱に刺さる。本当に、当たるか当たらないかギリギリのラインだった。見ているこちらがヒヤヒヤする。この争い、心臓がいくつあっても足りない。

「あっぶな！　危ねぇんですけどぉ！　これ刺さったら、痛《いて》ぇだろうが。いい加減にしやがれください よ⁉」

「痛がりなさいな！」

痛いで……済むんですか……姉弟のやりとりに、九十九はポカンとしてしまう。

言っている内容の端々が神様スケールなのに、喧嘩の中身は犬も食わぬものであった。

どこから突っ込めばいいのか、わからない。見守るしかないというか、もはや、巻き込まれたくない。

「聞き分けやがれください。もう充分でしょう」

「なぜ、あなたにそんな正論で説教されねばならないのですか！　ストレートに腹が立ちますわよ！」

「俺がいつも正論言ってねぇみたいな言い方しやがりなさるな」

「普段、言っている瞬間がないでしょう！」

天照の言いたいことは、もっともであるが、現在、聞き分けていないのは彼女自身だ。意地というより、須佐之男命に蹴り飛ばされて、あとに引けなくなっている気配があった。意地になっている。

「だいたい、あなた……わたくしの雑誌に落書きしたでしょう！　気づいていないと思いましたか？」

「あ……バレてやがった……いやそれは、悪いなぁって今は反省してますけど。新しいの買ってきますから、機嫌なおしてくださいませんかね」

「あなたは、またそうやって」

最初は物騒だった言いあいも、徐々にいつもの調子へと戻っていく。

「わたくしがなにもかも許すからって、甘えて……」

天照はうつむきながら、声をすぼめていった。

須佐之男命は、そんな天照を見おろして頭を掻いている。身体が大きいせいもあってか、どちらが上なのか、傍目からはわからない対面だろう。

「そうですわね。少々、やりすぎました」

やがて、天照は浅く息を吐く。口調が落ちつき、静かになっていった。

意地を張る子供の顔から、穏やかな女神の顔へと変わっていく。数秒でまとう空気が変じてしまうのが、さすがだ。

改めて背筋を伸ばし、顔をあげる天照は、清々しい様相であった。

「稲荷神、充分に輝きは見せていただきました。大切な宿で狼藉《ろうぜき》を働いてしまって、申し訳ありません」

シロは石鎚の間から歩み出て、天照を見おろしている。九十九も、ふらつきながら入り口まで移動した。

「狼藉か……」

シロの声は、平坦であった。感情が読めなすぎて、九十九は不安になる。

天照は湯築屋で結界の弱点を突き、天岩戸を発現させた。これは従業員や他のお客様を害する者には容赦しないという、シロの立場と相対する。

本来ならば、天照は客ではない。排除して然るべき存在だ。

しかし、天照の行いは九十九を想ってのことだった。九十九とシロのために、このような大がかりな芝居、いや、茶番を決行したのだ。

シロはしばらく黙したまま、腕を組む。

「我が妻をさらい、宿の業務を妨害した件は、許しがたい」

シロが明朗に告げるのを、天照はなにも黙って受け入れていた。

「だが……礼は言おう」

はっきりとしていたシロの声が、やや小さくなる。

素直にお礼を言うのが癪というニュアンスが伝わってきて、周りで聞いていた従業員がクスリと笑う。九十九も、自然と笑顔になった。

格好がつかなくなって、シロは軽く咳払《せきばら》いする。

「こちらこそ、ありがとうございます」

天照は、ていねいに頭をさげた。

けれども、その身体が前に向かって、すうっと倒れていく。

「姉上様」

須佐之男命が、天照の身体を抱きとめるように支えた。

結界を張り、さらに破られたことで、神気を消耗したのだろう。草薙剣も使用している。

天照の顔には疲労が浮かんでいた。このような天照を、九十九は初めて見る。

「湯治《とうじ》せよ」

湯築屋にも引かれている道後温泉の湯には、神気を癒やす力がある。天照が引き続き、客として宿泊してもよいという、シロなりの許しだ。

シロなら、天照を許すだろうと、九十九は信じていた。きっと、シロは彼女に無慈悲な扱いをしないはずだ、と。

天照は、湯築屋のお客様だから。

「重ね重ね」

天照は、再び礼をした。

そして、にこりとシロを見あげる。

「お役に立てましたでしょうか？」

天照に問われても、シロはなにも答えなかった。

九十九はシロの代わりに、一歩前に出る。

「天照様、ありがとうございます」

天照に、九十九は深々と頭をさげる。お客様をお出迎えするのと同じくらい、心を込めて。シロは「余計な真似を」と口を曲げていたが、構わない。九十九が感謝を伝えたかったのだ。

「そう。では、あとは上手くやるのですよ」

天照は満足げに、微笑を返してくれた。

「さてさて、姉上様。お部屋へ帰りやがれくださいよ」

華奢な天照の身体を、須佐之男命が抱きあげて運んでいく。

「須佐之男、もっとていねいに扱えないのかしら」

「はあ……と、言いますと？」

「察しが悪いですわね。姫のように、ということですわよ」

「姫？　ああ、赤ん坊ですか！　よしよし！」

「そうではなくてー！」

天照は須佐之男命に文句ばかり言っているけれど……どこか嬉しそうに見える。

ほんの少しだったが、天照と須佐之男命はぶつかりあった。あまりに低レベルだったかもしれないが、こんな機会はあまりなかっただろう。

お互いに、清々しい雰囲気であった。

「あ、若女将。それ、また宅配便でよろしくおねがいします」

天照が去り際に、柱に刺さった草薙剣を指して笑う。九十九はギョッとしながら、草薙剣を確認した。

三種の神器を宅配便で送れなんて言うくらいなら、自分で戻してくださいよ！　と、いつも思う。

どうせ、また無断で持ち出したので、自分で返しに行ったら言い訳が面倒なだけなのだ。天照の奔放さにも、慣れていた。

「若女将ぃ！」

まず、柱に深々と刺さった草薙剣をどうやって抜こうか思案していると、足元にギュッとやわらかいものが張りつく。

「コマ」

心配させてしまった。コマは九十九の足に抱きついて、離れてくれない。

九十九は、コマの頭をそっとなでる。ふわっと温かい毛並みに、心がじんわりと和まされる。

「ご無事でよかったですっ」

「ありがとう」

抱きあげる気力がないので、九十九はそのままコマの隣にヘタリと座り込んだ。まぶたが重くて、全身の倦怠感が抜けない。このまま、いつ眠ってもおかしくなかった。

廊下を見ると、太鼓が用意してある。従業員はそれぞれに、小さな鉦を持っていた。壁には大きな字で、念仏が書かれて貼り出されている。カンニングペーパーかな。

天岩戸に対抗するため、踊り念仏を行ってくれたのだ。

小夜子や碧、八雲、将崇、幸一……みんな安堵《あんど》の表情を浮かべていた。九十九の意思ではなかったとはいえ、みんなに迷惑をかけてしまったという罪悪感が浮かんでくる。

「よう帰ってきたのう」

ほいほいと、肩を強めに叩かれて、九十九は視線をあげる。

一遍上人がニヤリと唇の端をつりあげていた。

ロックなサングラスは外していないが、白い着物に鮮やかな紫色の襷を掛けている。いつもと雰囲気が違っていて、一瞬、誰なのかわからなかった。

「一遍上人。ご協力、ありがとうございました」

状況を全部把握できていない九十九の代わりに、小夜子が頭をさげた。

「いいってことさ。こんな夜更けに、寺まで駆け込んできたときは、何事かと思ったんじゃがな」

言いながら、一遍上人はゴツゴツとした大きな腕時計を示す。

時計は、え？　これ？　午前？　と、聞き返したくなる時刻を指しており、九十九は目を剥く。

そんなに長い時間、みんなに心配かけちゃったんだ……。

「気にしなくていいよ、九十九ちゃん」

九十九の気持ちを悟ったのか、小夜子は視線をあわせて座る。丸い眼鏡の下で、にっこりと優しい微笑みを作った。

「私も蝶姫《ちょうひめ》も、九十九ちゃんに救われたんだから。九十九ちゃんを助けるのは、当たり前なんだよ」

「小夜子ちゃん……」

小夜子のうしろからも、カンカンッと鉦の音がする。彼女の影には、常に鬼の蝶姫が潜んでいる。もはや、もう一人の従業員のようなものだった。

蝶姫は、五色浜を彷徨《さまよ》っていた鬼だ。特異な体質を持った小夜子を守るため、一緒に過ごしている。小夜子と蝶姫は互いを想い、友人とは一言で表せぬ関係を築いていた。

小夜子たちの今があるのは、本人たちの拓いた道だ。九十九があれこれ世話を焼いたつもりはないし、大袈裟な気がする。

それでも、彼女たちの道筋に、少しでも関われたのだと思ったら、嬉しかった。

「う……ねむ……」

しかし、九十九の体力には限界が来ていた。

ずっと天岩戸で夢と現《うつつ》の境界を彷徨っていただけだ。なのに、想像以上に体力も神気も消耗している。

まぶたが自然とさがり、身体が傾いていった。

「九十九」

九十九を、シロが支えるように抱きとめた。みんなの前なのに、恥ずかしい。そんな抵抗をする気力もなくなっている。

疲れた……。

ただただ、それだけだった。

「休むか」

ふわっと、九十九の身体が浮きあがる。鼻を松山あげの甘い香りがかすめた。

シロが九十九を抱いて立ちあがる。

「な、な、ななな……」

九十九は抗議しようと発声するが、言葉になっていなかった。そんな九十九を、シロはお姫様抱っこで運んでいこうとする。

「シロ様、おろして……」

やっと搾り出された九十九の声は弱々しかった。シロは九十九を見おろすように視線を落とし、唇に笑みを描く。

「嗚呼、おろしてやるから、ゆっくり休むがいい」

そう言って、シロは石鎚の間へと入っていく。

「九十九を休ませる。あとは、まかせられるか？」

シロはふり返り、従業員たちに告げた。誰も異を唱えず、笑顔で「はい」と素直に従っている。

いやいやいや、なんかこう、母屋を勧めるとか、シロ様が介抱する必要ないですよとか、みんな、そういうのないんですかね？

九十九の気持ちなどおいてけぼりにして、小夜子が「ごゆっくり」と笑った。

「なんで、石鎚の間なんですか……」

さっきまで、天岩戸だった場所である。

わざわざこんなところで休まなくともいいではないかと、九十九は困惑した。

九十九の問いに、シロは表情を変えない。うしろでは、自動ドアみたいに客室の木戸が勝手に閉まった。

「結界の穴が埋まるか、念のため留まって確認しておきたいからな」

シロの回答はごくごく事務的であった。

たしかに、結界に空いた穴は塞がなくてはならない。ケアは必要だろう。だからと言って、どうして九十九と休みながらなのだ、という話である。

抵抗もできず、九十九は畳におろされた。

うしろから、シロが抱きしめるように、膝のうえに座らされる。なにこの恥ずかしい体勢、まったく休めませんけど。

でも……妙に落ちつく。

小さいころは、こうやってシロの膝にのっていた。

寂しくなったら、いつも。

シロは女の人みたいに綺麗な顔なのに、こうして抱きつかれていると、腕も肩も、たくましくて力強い。

うなじや耳元に感じる息づかいが近くて、なにもしていないのにドキドキと心臓が跳ねた。

「九十九」

「は、はいぃ！」

囁く声がこそばゆくて、勢いで返事をしてしまう。

しかし、九十九が背筋を伸ばした瞬間、肩の辺りでガチッと変な音と衝撃が走った。

「…………ッ」

「ごめんなさい⁉」

どうやら、九十九の肩が、シロの顎にヒットしたらしい。シロはうつむきながら、口元を押さえている。

「うわ、すみません。舌とか、噛んじゃったんですか？」

そんなつもりはなかった。いつもの過剰スキンシップからのアッパーなら罪悪感はまったくないが、これは不可抗力である。

九十九はシロの膝からおりて、向きあうように座った。まだ頭はぼんやりしているが、少しなら動ける。

「血が……」

「血まで出ちゃったんですか？　ごめんなさい。本当に、そんなつもりじゃなくってですね……」

シロがつぶやきながら、顔をあげる。九十九は様子をうかがおうと、シロの顔を間近でのぞき込んだ。

「⁉」

けれども、次の瞬間。

九十九は言葉を失う。いや、奪われてしまった。

素早く迫ったシロとの距離がゼロになっている。

唇が触れ、吐息が交わった。

目をまん丸にしながらシロの顔を見ると、少しニヤリと笑っている。こいつ、確信犯か。

九十九は両手でシロの胸をぐいぐい押すが、まったく効き目はない。

「ん……ふ、ぐ……」

シロの右手が九十九のうなじを支える。身体がうしろへ傾いていき、呆気なく畳に転がされた。

冷たい畳と、温かいシロに挟まれて、身動きがとれない。シロが何度も何度も、九十九の髪や頬をなでるので、抵抗の意思まで削がれていく。

流されるように、九十九も目を閉じてしまった。

胸の奥が熱くて、それが血管を通じて全身へ行き渡っていくみたいだ。痛いことは一切されていないのに、身体がビリビリと痺《しび》れてくる。

こんなの不意打ちです。こういうのは、もっと……大人になってから……でも、もう大学生だし……それに……なんか……。

唇をずっと塞がれているので、なにも言えない。言葉はすべて、九十九の心中に押し込められた。

「ん……」

ようやくシロの顔が離れたので、九十九は口元を手でガードする。

シロは九十九を見おろしながら、ニマニマと笑っていた。意地の悪い笑い方なのに、妖艶なのが憎らしい。

「ち……血なんて出てなかったじゃないですかッ!」

強がって抗議すると、シロは唇を尖《とが》らせる。悪戯がバレて拗《す》ねたみたいな顔をされると、逆に尻込みしてしまう。

「儂の血など流れたところで、すぐに癒える。案ずる必要もなかったのに、まことに愛《う》い妻だな」

意地悪な笑い方が腹立たしい。すっかり失念していた九十九が悪いのかもしれないが、騙《だま》すほうも、騙すほうだ。

「嫌がってはいなかったではないか」

「そ、そんな」

嫌がっては……嫌ではなかった。

シロにキスされて、こうして押し倒されるのは、思っていたよりも嫌ではない。むしろ、少し身体が離れて名残惜しいと感じる自分までいて……でも、それを認めてしまうのが恥ずかしくて、これ以上、顔を見られたくなかった。

九十九はなにも答えられずに、両手で顔を隠す。

「九十九、おかわり」

「いーやーでーすー……！」

「嫌がり方がヌルいな。これでは、無理やり接吻《キス》してしまえるぞ」

「シロ様は、お優しいからそんなことしないです！」

さっき、騙し討ちされたけど。

指の間からシロをうかがうと、困ったような表情を浮かべていた。

「そう言われてしまうと、裏切れないではないか」

シロはしばらく、九十九を見おろしていたが、やがて身体のうえから退く。九十九は、のそのそと身体を起こしながら、乱れた髪を整える。

「九十九と床《とこ》をともにできるのは、いつの日やら」

「う……」

夫婦なのだから、そういうこともある。考えないようにしていた項目に、九十九は目が回りそうだった。

そういえば……九十九は湯築の家系図を思い出す。

代々、巫女が選ばれ、シロの妻になる。そのため、巫女は家系図から外されてしまうという慣習があった。正確には、欄外に別記されるのだ。

だから、巫女とシロとの間に子がいたかどうか、わからない。

そういうことを……今までの巫女とも、行ったのだろうか。

急に気になって、九十九はうつむいてしまった。

「シロ様って、その……お子様とか、いらっしゃら、ない？　ですか？」

なんという聞き方だ。こんな聞き方をするくらいなら、黙っていたほうがよかったかもしれない。

言ってしまったあとに、九十九は恥ずかしくなった。

「あー、忘れてください！　聞かなかったことに！」

九十九は、どうしようもなくて首をブンブンと横にふった。

「いや、聞いてしまったぞ？　九十九の可愛い話を、なかったことになどしたくないぞ。書家に発注して家宝にしたいくらいだ」

「ちょ、そんなの絶対に嫌ですッ！」

こんなもの、家宝にされてたまるか。冗談だと思うが、本気だったらどうしよう。九十九は全力で拒否した。

「九十九がそんなことを考えておったとは……わざわざ説明する必要もないと思っていたのだが」

神様と人間では、考え方がズレる。シロは必要ないと感じていたかもしれないが、九十九にとっては大事なことだった。

そりゃあ……昔は、奥さんが何人もいるとか、愛人がいて当たり前とか、価値観の相違があったでしょうけど……神様ともなれば、そこら辺のスケールも大きいだろう。引いてしまうような女性関係の逸話を持つ神様も何柱か思い当たる。

「儂に子はおらぬ。そもそも、人の子が生まれるのとは原理がまったく異なるのだ。神使くらいなら生み出せるが、別段、必要もないからな。使い魔を子と呼ぶには、あまりに性質が違うだろうよ。これでいいか？」

シロの説明を聞いて、九十九は背中を丸めて身を小さくした。

なるほど、そういうことなら、巫女との間に子供がいるわけがない。聞いたこちらが恥ずかしい案件に思えて、九十九は居たたまれなくなってきた。今まで、自分はなにを気にしていたのだろう。

「九十九は、子が欲しいのか？」

続いて投げられた問いに、九十九の頭は真っ白になる。

どうして、その質問に繋がるの……！

「そ、そうじゃ、ない、ですけど……ただ、気になっただけで」

「なるほど。では、嫉妬《しっと》しておるのか？」

ドストレートな追撃に、打ちのめされそうだった。人が弱っていると思って、今日のシロはいちいち直球すぎる。スキンシップが過剰なのは、いつもだが、こちらにも気持ちの余裕を持たせてほしい。

「儂は九十九の布団にしか侵入したことはない」

いや、言い方。

ツッコミが喉まで出かかったが、九十九は呑み込んだ。そして、意味がわかってくると、さらに羞恥心《しゅうちしん》が刺激される。

「嫉妬しておったのだろう？」

意地悪な言い方をしながら、シロは九十九に顔を近づけた。九十九はなにも言い返せずに、背中を丸めて黙り込む。

「……悪いんですか」

だって、そうだ。

シロは何人も妻がいた。九十九はその最後尾なのだから。

他にも……同じ行為をしていたのか気になったって、しょうがないではないか。

「よくないって、わかっていますよ」

月子の話を聞いたときだって……。

九十九は、月子がうらやましかった。

こんなこと、考えちゃいけないのは理解している。夢の月子だって、もう死んでしまったのだから気にするなと言っていた。

それでも、九十九は月子がうらやましかったのだ。

シロが選択を誤ってしまうほど――永い永い時間、一人の面影だけを捜し求めて過ごすほどに。

月子は、こんなにもシロの心を動かし、独占し続けていた。

できれば月子になりたい。

しかし、こんな汚い感情をシロの前で露出したくなかった。ずっと秘めて、我慢してきたのだ。

それがいまさらになって、見透かされていたと気づいて、ここから逃げ出してしまいたかった。

「よくないことなのか？」

シロは不思議そうに首を傾げた。

吐息が重なるくらい顔が近くて、目をそらせない。

琥珀色の瞳には、九十九の顔だけが映っていた。鏡を見せられている心地になって、肩が震える。

「九十九が、儂に夢中で嬉しい」

だから、言い方……。

シロは九十九の頭を軽く押さえながら、額《ひたい》をこつんとすりつける。鼻先が触れ、くすぐったかった。

「九十九は、いつも他人や客のことを考えておるからな。もっと、儂について考えていてほしい」

「そんな……」

そう言われると、ぐうの音も出ない。けれども、九十九は有り様を変えられそうにないので、どうしようもなかった。

「儂のことだけを、考えてほしい。そうはできぬと、わかっておるよ。だが、心の一番深いところには、儂を置いてほしいのだ。儂も九十九と同じで、醜い独占欲を持っておる。

だから、嫉妬されていて、心底嬉しい」

シロは九十九の胸を指さした。あまりに真剣で、まっすぐな瞳を間近にして、九十九は逃げられない。

こんな言葉をぶつけられたことがなくて、九十九は息が止まってしまう。身体が痺れて動かない。まるで、金縛りだ。

「は……い……」

九十九の在り方は、変えようがない。

けれども……この約束なら、うなずいてもいいと思う。

辿々《たどたど》しい返事を聞き、シロは満足そうに微笑した。

「ところで」

不意にシロが顔をあげた。

ようやく九十九から視線が外れて、内心でほっとする。

「この部屋の説明が、そろそろほしいのだがな」

そう問われて、九十九は室内を見回す。

いまさら、ここが石鎚の間であると思い出した。

天岩戸騒ぎですっかりと吹っ飛んでいたが、最初はシロへのサプライズを用意していたのだ。天照と一緒に、シロを喜ばせようと準備していた最中である。その名残として、畳にはハサミやテープ、切り取った紙の端などが散らばっていた。

まだ整っていなくて、とてもお披露目できる状態ではない。

「あの……その……えっと、ですね」

だが、見られてしまったのなら、もう種明かしするしかない。九十九は気恥ずかしくなりながら、部屋の壁を示した。

「ギャラリー……です」

壁いっぱいに貼られていたのは、写真だ。

拡大したり、縮小したり、いろんなサイズの写真を貼りつけて展示している。

ギャラリーみたいに。

「シロ様は外に出られないじゃないですか。使い魔や傀儡は使えますけど……なんか違うというか」

説明がむずかしい。

シロは外に出られないが、景色は見られる。

しかし、いつもズレを感じるのだ。

シロは常に、九十九と同じ景色を見ていない。同じものを前にしても、九十九と違う視点なのだ。

同じものを、同じ視点で。

ささやかな、九十九の自己満足なわがままだった。

シロはそんなことを望んでいないだろう。気にも留めていないはずだ。

「写真だったらシロ様も、わたしと同じものを見られますよね」

視点や切り取り方一つで、写真は印象が変わる――シロに、九十九が見ている景色を伝えられると思った。

一遍上人や燈火の話から思いついた即興のギャラリーだ。本当は、もっと整えてからシロにお披露目したかった。

シロは壁に並んだ写真をながめて、「ほう」と息をつく。

「なるほどな」

制作物をまじまじと観察されると、緊張してくる。九十九は居たたまれなくなって、頭をさげた。

「そういう欲は持ったことがなかったな」

やはり、九十九のわがままだ。

独りよがりで、押しつけがましい。シロにとっては、迷惑かもしれない。天照も、素晴らしいと言いながら、同時に、愚かしいと評価していた。

「だが、これはよいな。そうか。九十九と同じものを愛でるのは、悪くない」

表情を明るくしながら、シロは写真を改めてじっくりながめはじめた。

本当に、どれもささやかな写真だ。燈火のように、「映え」もよくわかっていない。でも、九十九にとっての綺麗や、好きを集めたつもりだ。

松山市駅前から走り出す坊っちゃん列車。SLを模した外観の路面列車である。観光客向けだが、独特の情緒《じょうちょ》があり、市民にも愛されていた。

南堀端《みなみほりばた》でひなたぼっこする亀。堀之内《ほりのうち》公園からのながめなのだが、背景はほとんど入れていない。親亀のうえに、子が順々にのっている様が可愛らしいと思って、ズームで撮影したため、画質が悪かった。

ロープウェー街。緩やかに延びる坂と、建ち並ぶ商店がのんびりとした街並みを物語っている。手前で欠伸をする猫に、ピントがあわなかったのが惜しい。

町家風カフェのハンバーガー。ボリュームがあって、食べるのが大変だった。真上から撮影したせいで、そのボリューム感が一切表現されていない、残念な一枚だ。

「あんまり……上手じゃないですけど」

九十九の視点が伝わっているかもあやしい。拡大した写真も、特に出来がいいというわけでもなかった。

「よい。儂はこのようなところは注意を払わぬからな」

シロは嬉しそうであった。背中で尻尾を左右に揺らし、耳をぴくぴく動かしている。琥珀色の瞳に、嘘は浮かんでいない。

「これが九十九の世界か」

なんの変哲もない日常を切り取っただけだ。なのに、シロは楽しげに写真をながめてくれている。

そんなシロの隣にいられて、九十九は、たまらなく嬉しかった。

「ふ……」

けれども、また睡魔の波が襲ってきた。九十九は欠伸を噛みしめるが、身体がふらふらと左右に揺れはじめる。

シロは九十九の肩を抱いて、自分のほうへと引き寄せた。

九十九は流されるままに、シロに寄りかかった。

胡座をかいた膝に、頭がチョンとのせられる。膝枕……恥ずかしいと思う暇《いとま》もなく、九十九のまぶたが閉じていった。

「九十九」

語りかける声が優しくて、温かくて。

落ちていくみたいに、そのまま意識が遠くなる。

顔にシロの長い髪がかかる感覚。

唇にやわらかいものが重なったのだけは理解する。

「お前と出会えただけで、儂は幸せなのかもしれぬ」

わたしも、幸せですよ。

そう返したいのに、九十九は沼みたいな眠りへと誘《いざな》われていた。

「ただ、ずっと――」

シロの言葉を最後まで聞く前に、九十九は溶けるように意識を手放した。ぼんやりと、続きが聞きたくて足掻くけれど、眠りの誘惑には勝てない。

ずっと――なんですか？

シロ様は……どうしたいんですか？

燈．変わりたかった

1

神様とおつきあいなんて、わからないことだらけ。

なんなら、人間とだって、今までに経験していない。

種田燈火にとって、ミイさんとの日々は未知でいっぱいだった。不安で不安で仕方がない。でも、一方で「こんなに楽しくていいの？」と、戸惑う瞬間もある。

九十九に出会う前は……こういう生活が訪れるなんて、考えてもいなかった。

「なにをしているの？」

いつものように、SNSでの反応をチェックしていると、うしろから声をかけられる。

「フォロワーさんに返信《リプライ》だよ」

燈火はスマホの画面から視線を外した。

すると、燈火の肩越し、ぬっと顔がのぞき込んでくる。うしろから両手をそえられ、若干、抱えられるみたいな体勢だ。

これが正しいおつきあいなのだろうか。緊張してドキドキするけれど、こういうのが普通なら、燈火が受け入れるしかない。嫌ではないし。

「なにそれ？」

ミイさんは、不思議そうに聞き返した。

銀色の髪が光の加減で複雑な色をはらんでいる。針金やプラチナとは全然違う輝きと質感が不思議だ。もうそれだけで「神様なんだなぁ」と実感してしまう。蛇の神様らしく縦に開いた瞳孔も、非人間的な雰囲気を助長させていた。

顔がとんでもなく整っていて、直視できない。湯築屋にいるシロも、かなりの美形だが、そちらとはジャンルが異なっていた。いや、神様ジャンルで、色属性も被ってるけど……もっと、人間とは遠いなにかだ。

いきなり出てこられると、ちょっとばかり、ギョッとしてしまうが、もう声をあげて跳びあがったりしない。

「お礼みたいなものかな」

燈火が答えると、ミイさんは不思議そうな顔をした。

たぶん、意味が伝わっていない。

「ＳＮＳで、ボクのアカウントにコメントが来るでしょ。それに対して、ありがとうってお礼をしてるんだよ」

正直、燈火が投稿するたびに、数え切れないほどのコメントがつく。その一つひとつに反応するのは骨の折れる作業だし、キリがない。

けれども、こんな燈火のために、感想をくれる人がたくさんいる事実が嬉しかった。数にこだわらず、一人ひとりとの関係を大事にしたい。全部はむずかしくても、燈火は時間ができたら可能な限り返信していた。

「それは、意味があるの？」

「あるよ。ありがとうって伝えるのは、大事なんだよ。こんなボクのために、時間を割いてくれたんだから……」

「大事なの？」

「ありがとうって、言われたら嬉しいでしょ？」

「わからないな」

「少なくとも、ボクは嬉しい」

「そっか」

ミイさんとは、不思議と会話がスムーズに進む。もしかすると、九十九よりも。一番、気楽な相手かもしれない。

燈火はコミュ障で空気が読めない人間だ。今まで、誰とのつきあいからも逃げてきたツケだった。

せっかく仲よくなれたと思っていた大学の友人とも結局、疎遠になってしまった。九十九や京は、「燈火ちゃんは悪くない」と言ってくれるけれど……本当は、もっと上手くつきあえたんじゃないかと後悔している。

ミイさんは……とにかく、楽だ。

最初、なにを考えているのかよくわからなかった。けれども、ミイさんは燈火に嘘をつかないと理解した。

騙されて傷つけられることも、気を遣って我慢させる心配もない。ミイさんは正直に、燈火と向きあってくれる。

心の内を気にしなくてもいい——燈火が空気を読めていなくても、相手を傷つける心配がない。

無言の時間が続いても、平気だ。沈黙が苦ではなかった。ミイさんは、無言に飽きれば呼びかけてくるし、疑問があればすぐに質問してくれるのだから。

「燈火は、他人を思いやれるいい子なんだね」

ミイさんは、いつもぼんやりとしている。なのに、ときどき無邪気に笑うのだ。顔はとても美形な青年だけど、笑顔は子供っぽい。

「そうなのかなぁ……自分のためだよ」

他人から嫌われたくない。

嫌われてしまったら、どうしよう。

怖くて仕方がないから、反応に怯《おび》えているだけだ。そんな臆病な性分を褒められたって、嬉しいとは感じなかった。

「燈火」

燈火が暗い顔をしていたせいか、ミイさんが不思議そうに首を傾げる。縦に開いた瞳孔が細まり、まじまじと燈火を見つめていた。

しかし、すぐに唇に弧が描かれる。

「大丈夫。燈火を不安にさせるものは、僕が全部消してあげるから」

悪意はまったくない。

子供みたいな純真な気持ちだけが、まっすぐに向かってくる。

ミイさんの言葉には表裏がなかった。いつも燈火にわかりやすい形で、感情が手に取るように伝わる。

だから、これも比喩《ひゆ》や冗談ではなく、本気なのだ。燈火のために、本気で言ってくれている。

「気持ちだけは嬉しいかな」

燈火は、そっとミイさんの髪に触れた。なでなでと、手つきがぎこちない。

やっぱり、銀色なのに金属のような質感ではなかった。髪の毛特有のやわらかさと、しなやかさが奇妙に思えてくる。

神秘的とは、こういうときに使う言葉なのだろう。けれども、燈火の知っている言葉だけでは、ミイさんを表すのはむずかしい。

「ボクはミイさんにも、誰も傷つけてほしくないよ」

燈火の言葉に、ミイさんは怪訝そうだった。「なぜ?」と、純粋に思っているようだ。

けれども、燈火には、これを説明するための語彙《ごい》力がない。

困惑していると、ミイさんはそれ以上追及しないと言いたげに、燈火から離れる。

燈火が傷ついたり、困ったりすると感じたら、いつもそうだ。あまり深掘りしないようにしてくれた。

ミイさんと一緒にいるのは、楽だ。

心地よいぬるま湯に、いつまでもつかっていられる。真綿《まわた》にくるまれているみたいに、常に大事にされて気持ちがいい。

燈火はきっと、ミイさんに守られているのだろう。

こんなに気持ちがよくて、いいのかな。

ときどき、ふと疑問にも思う。

2

「そういや、お前さんたちには捨てたいものは、あるのかね？」

一遍上人の一言に、燈火はドキリと息を呑んだ。

雪の宝厳寺での撮影会。天照はとても優しくて話しやすい神様だし、なによりも、着物の九十九がとても綺麗だった。楽しい時間である。

なのに、一遍上人の一言で、燈火の気持ちは、サァッとさがる。興醒《きょうざ》めしたとか、つまらないということではない。

捨てたいもの。

最初に浮かんだ単語が、自分でも怖かったのだ。

「さっき食べた飴の包みが……」

燈火は誤魔化そうと、小さな声でつぶやく。けれども、誤魔化し方が下手すぎたのだろう。一遍上人は、一瞬、顔をしかめた。

「それは、ボケってやつかい？　あっちの屑籠に捨ててきな」

「あ、はい……」

上手く誤魔化せた？　ボケだと思われたらしくて、あまり追及されずに済んだ。

一遍上人は、捨莉紙の説明をしてくれる。捨てたい執着を書いて、水で洗うらしい。

燈火は、ぼんやりと捨莉紙を見つめた。

最初に浮かんだ「捨てたいもの」については、頭から排除しようとつとめた。

結局、燈火は適当な執着を書いて洗うことにする。一遍上人や、九十九がいるので、差し支えない内容だ。ライブのチケットが外れて悔しかったのも本当なので、構わないだろう。

一遍上人に見守られながら、燈火は捨莉紙を洗った。手水舎が、現代アート的な独特の形をしているのが物珍しくて、ちょっとわくわくする。

お寺や神社は、古いだけのものが多い印象だったのに、九十九と出会ってから、すっかりと認識が変わってきた。

九十九と天照は、少し離れた場所で会話している。楽しそうに笑顔を見せているが、なんとなく、近寄りがたい雰囲気だ。燈火がそう感じているだけかもしれないけれど、今は話しかけたら邪魔な気がする。

「さっきのじゃが」

「ひ……」

ぼんやりしていた。一遍上人に話しかけられて、燈火は背筋を伸ばす。

「本当に捨てたいもんが、他にあったんじゃろう？」

一遍上人の口調は変わらず砕けていた。気さくで、話しやすい雰囲気を保っている。それなのに、燈火は背中に汗が流れるのを感じた。どう返答すればいいのか迷って、唇を、ひくひく痙攣《けいれん》させながらうつむいてしまう。

「そんなこと……ないです」

嘘をついた。

無駄なのに。

「言いたくなきゃ、ええんじゃよ」

一遍上人は、ぽんっと燈火の肩を叩く。慰められているような、労われているような。

とにかく、優しい温かさに、申し訳なさが募っていく。

「じゃが、それは捨てる必要があるものなのか、もっと真剣に考えたほうがええぞ」

「……神様には、心の中、わかっちゃうんですね……」

燈火がなにを考えていたのか、一遍上人は知っているのだろうか。口ぶりから、心が読まれていると思った。

「いんや、なんとなくじゃよ。他人の心なぞ、わしにゃ読めん。あと、細かいようだが神でなく、仏じゃな」

燈火には違いがよくわからない。

「わしは、アンタさんみたいな、悩みのある人間を山ほど見てきたからな」

「………」

燈火は全然駄目だ。根暗で他人と上手くしゃべれない。他人をイライラさせたり、困らせたり……そもそも、こういう考えをずっとしているのが、たぶん、「ウザい」のだろうと自覚もしている。

だから――。

「よく考えとけ。それで、捨てたくなったら、また来なさい。わしが話を聞いてやろうじゃないか」

一遍上人は、燈火の頭をなでてくれる。脱色して、パサパサの髪が揺れた。

ミイさんとは、違う温かさだ。初めて会ったのに、頼もしくて涙が出そうだった。いきなり泣き出さないように、燈火は唇をぎゅっと噛んだ。

「ごめんなさい……」

小さな声で言うと、一遍上人はニタリと笑う。

サングラスを外し、笑いじわの寄った目元を見せてくれた。

「そういうときゃな。〝ありがとう〟って言ったほうが気持ちがいいんだぞ」

「あ……は、い」

ありがとう。

どうして、言えなかったのだろう。

SNSでは、いつも言っている。なのに、現実《リアル》では、すんなりと口から出てこなかったどころか、頭の端にも浮かんでいなかった。

やっぱり、燈火は駄目だ。

こんなんじゃ……全然、駄目だ。


捨ててしまいたい。

こんな自分なんて、全部捨ててしまいたい。

3

宝厳寺での撮影会は無事に終わり、一同は解散した。

たくさん撮れた九十九の写真に満足しながら、燈火は道後温泉駅へと向かう。インドアなので、坂道をくだるのはしんどいけれど、九十九と仲よくなってからは、よく通る道だった。慣れてしまうと、いい運動だ。

本当は、九十九から「駅まで送ろうか」と言われたが、断った。天照と、なにか準備をしようとしているみたいだったので、時間をとらせるのが申し訳なかったのだ。

きっと、九十九は迷惑だなんて、露ほども思っていないのだろうけど。本当に、根からいい子だから。燈火には、まぶしいくらいの光属性だ。

まだ……遠慮している。

友達なのに。

こういうのも、きっと駄目なんだ。

「あ……」

坂道をおりる途中、見覚えのある顔と出会った。夕陽が沈み、薄暗くなってきた頃合いだが、人相くらいは判別できる。

瓶の底みたいに厚い眼鏡が特徴的な女の子。

たしか、朝倉小夜子さん。先日、九十九に呼ばれたクリスマスパーティーに来ていた人だ。湯築屋でアルバイトをしていて、燈火とも同い年。九十九とは高校の同級生だけれど、今は看護師の専門学校に通っているらしい。

優しい子だった。黙っていると大人しそうなのに、意外と大胆なことを言う。明るくて気遣いができて、接客にも慣れた様子だった。

「あ、あ、あ……！」

一晩、同じ部屋で寝泊まりした関係だ。無視するのはおかしいだろう。だが、燈火と小夜子を友達同士と定義するのも憚《はばか》られる。正確には、お互いに九十九の友達だ。燈火の友達ではないだろう。

あいさつ、どうしよう。あいさつ、したほうがいいよね。でも、なんて？　どんな顔すれば、変じゃないんだろう。いや、もうすでに変な顔をしてるのかな。思いっきり挙動不審《キョド》ってる。どうしよう。ドウシヨウ。

「あ、燈火ちゃん。こんばんは」

燈火の不審者ムーヴなど気にせず、小夜子はニコリと笑みを返してくれた。

ま、まぶしい……！　自然すぎるあいさつがまぶしくて、燈火はこの場で蒸発してしまいそうだった。神か。光属性恐ろしい。

「こ、こんばんは……あ、あああ、朝倉さん……」

舌を噛んでしまった。恥ずかしい。

「湯築屋から帰り？　今日は、どなたかご宿泊だった？」

小夜子から問われて、燈火は返答に迷う。

まず、湯築屋へは行っていない。今日は宝厳寺で集合して、現地解散したのだ。誰が旅館に泊っているのか、燈火には確認しようがなかった。

湯築屋は予約客があまり入らないと九十九が言っていたから、それで状況を聞きたいのだろうが、あいにく、燈火は小夜子を喜ばせる情報を持っていない。

悩んだ挙げ句に、燈火は無言で首をブルブル横にふった。

「じゃあ、ずっと外にいたの？　寒くない？」

続く問いかけに、燈火は首を縦にふる。言われて初めて、寒さを自覚する。さっきまで、写真におさめた九十九の可愛さに満足して、忘れていた。

「そうだ。燈火ちゃん、お団子食べたくない？」

「え、え、ええ？　は、は、はいぃッ！」

突然の提案に、燈火は頭が真っ白になってしまう。無意識のうちに、承諾の返事を思いっきりしていた。

クリスマスのときは、九十九や京が一緒にいてくれたので助かった。京と話すのも、未だにドキドキするけれど、初対面の人よりは幾分か楽だ。

小夜子とは、出会って日が浅い。二人でお団子なんて、ハードルが高すぎるのではないか。機嫌を損ねたら、どうしよう。彼女は九十九の大事なお友達なのに。

燈火は、もじもじとうつむいてしまう。

「よかった。まだシフトの時間まで余裕があるから、勉強でもしようかなって思ってたの。でも、燈火ちゃんがつきあってくれるなら、お店にも入れるね」

「お店……」

「イートインスペース、一人だと入りにくくって。最近は九十九ちゃんとも、帰る時間があわなくなってるから」

小夜子が言っているのは、たぶん、坂をおりたところにあるお団子屋さんだ。古民家を改築したカフェで、SNS映えするフォトスペースも設置してある。近ごろ、こういうお店が増えており、燈火の投稿でも好評だった。

一人で行きにくいって……燈火は、「うっ」と尻込みする。

なにを隠そう、燈火は「おひとり様」を極めていた。ラーメン屋やカラオケどころか、ファミレスや焼き肉にも一人で行ける。カフェなど、お洒落《しゃれ》だろうが、レトロだろうが、まったく躊躇《ちゅうちょ》しなかった。

お二人様以上に慣れていると、行きにくいんだろうなぁ……ボクって、やっぱり変なんだ。

小夜子は大人しそうに見えるけど、燈火とは人種が異なる。闇属性の燈火とは、生息域が違いすぎた。

「行こう、燈火ちゃん」

やりにくいなぁ……。

しかし、小夜子の手招きを断れず、燈火はとぼとぼと歩き出すしかなかった。

一人でいるほうが、ずっと気楽だ。胃痛がする。

お団子なんて、デンプンの塊が喉を通ってくれるだろうか。

居たたまれない。

4

身も心も小さくなりながら、燈火は正座していた。

一階でお団子を買って、二階のイートインスペースで食べるシステムだ。古民家を改築したというだけあって、至るところがエモい。うん、表現できる語彙がない。

畳が落ちつく和室でありながら、窓が大きくて、光がいっぱい射し込む造りだ。今は日が沈んでいるけれど、昼間だと明るいのだろう。色ガラスのシェードがレトロな吊《つ》り照明や、窓際に備えつけられたカウンターが可愛らしい。二階へあがってくるための階段も、狭くて急で、バリアフリーとは正反対だけれども、逆にそれがよかった。

フォトスペースには、色とりどりの風車《かざぐるま》が並べてある。たしかに、ここを背景に写真を撮れば、映えそうだ。無意識のうちに、燈火は構図について悩んでいた。

「可愛いね」

「う、うん……」

小夜子は嬉しそうに、燈火の隣に座った。

燈火は桜のお団子、小夜子はみたらし団子だ。お団子は焼いてくれるので、少し焦げ目がついている。その不揃《ふぞろ》いさが模様みたいで、食欲をそそった。

ジェラートもあるのだが、二人とも外を歩いていて冷えている。迷わずお団子を選んだのだった。

「写真、撮ってもいいんだよ？　好きなんだよね？」

燈火が落ち着かないのは、写真を撮りたいからだと勘違いされたようだ。たしかに、写真の構図について考えてはいたけれども。

燈火は、お言葉に甘えて一眼レフを取り出す。

「こうやって、並べたら可愛いんだっけ？」

小夜子が言いながら、燈火と自分のお皿を近づけてくれた。

お皿が二つ並んでいると、奥行きのある写真になる。なによりも、誰かと一緒であるという演出ができるので、流行りの構図であった。

「あ、ありがと……」

燈火はカメラを構える。なかなかいい絵が撮れそうで、思わず唇が緩んだ。

しかし、カウンターでの撮影は明るい昼間のほうがよさそうだった。画面が暗くても、フィルターを使用すればレトロな演出ができるけれど……自然光があると、写真全体が明るくなるのだ。

「フォトスペースも、試す？」

燈火の思考を読んだようなタイミングで、小夜子が追加の提案をする。燈火はコクコクと、首を縦にふって合意した。

「気を遣わせて、ご、ごめんなさい……」

燈火にあわせてもらって、居たたまれない。燈火も、なにか気の利いたことや、小夜子の喜ぶことをしてあげなければ……でも、なにも浮かばなかった。小夜子みたいに、自然な気遣いができない。

九十九が特別な人だと思っていた。けれども、そうじゃない。やっぱり、燈火が空気の読めないコミュ障で、駄目人間なのだ。

「なんで謝るの？」

燈火が不安を顔に出したせいで、小夜子が動揺している。なにか説明したくても、余計に気が動転してしまいそうだった。

「いや、変だね。ごめんなさい……急に」

今までは、九十九が間に入ってくれたから、他の人とも話せた。

でも、駄目だ。

頭の隅で、燈火に敵意を向ける浜中《はまなか》の顔が浮かんでくる。また誰かを傷つけたり、恨まれたりするのは、耐えられない。

「ボクなんかと話して、朝倉さんは……嫌だよね」

「え？　な、なんで？　どうしちゃったの？」

九十九の友達だから、こうやって声をかけてもらえただけ。

畳のうえに置いていたバッグから、ミイさんが顔を出している。白い蛇の姿で、燈火を案じているようだ。

やっぱり、全然上手くいかない。

ちょっとは誰かと話せるようになったと、思ってたんだけど……。

「私は、燈火ちゃんと二人で、お話がしてみたかったんだよ」

うつむいた燈火の背に、小夜子が触れた。

小夜子は軽く辺りを見回す。誰もいないのを確認したようだ。

「私の友達を紹介したかったの」

小夜子がそう言うので、燈火は思わず顔をあげる。

友達？　ここには、誰もいない。二人きりだった。今から、別の人を呼ぶのだろうか。

これ以上、知らない人が増えたら死んでしまう。どうしよう。

「この間は、騒がしいからって嫌がって出てこなかったんだけどね」

小夜子の横顔は優しかった。穏やかな声音で、「蝶姫」と、畳に向かって呼びかけている。なぜ、そんなところに声をかけているのか、燈火には見当がつかなかった。

「出てきて」

小夜子は右手で、畳に触れる——いや、これは畳に触っているのではない。畳に映った、小夜子の影だった。

白熱灯に照らされた影はぼんやりと、やわらかい。なのに、彼女が触れた途端、濃く波打つみたいな蠢《うごめ》きが生じた。

「ひ……ッ」

背筋がぞわりとする。無意識のうちに、燈火の喉が鳴っていた。

「燈火」

ミイさんが、燈火の肩を支えてくれた。

ミイさんは蛇から人の形へと変身し、小夜子の影を威嚇《いかく》している。姿が人なのに、喉からシャーッと、蛇の声がするのは奇妙な光景でもあった。

「驚かせて、ごめんなさい。蝶姫は誰も襲ったりしないから、安心して」

小夜子は軽く笑いながら、両手を前に出した。

そうは言っても……。

小夜子の影から現れた者は、異様であった。

顔は見えない。般若《はんにゃ》の面で覆われており、どんな表情をしているのか読めなかった。蝶の模様が刺繍《ししゅう》された十二単が雅《みやび》で、平安のお姫様みたいだ。

気配も、異質だった。

九十九のおかげで、「いいもの」と「悪いもの」は、なんとなく区別がつくようになっている。なのに、燈火には目の前の存在がどちらなのか、判断できなかった。

「鬼だね」

答えをくれたのは、ミイさんだった。

そういえば、九十九からも聞いている。神気と瘴気、両方を併せ持つのが鬼である、と。まさか、こんなに近くで出会うとは思っていなくて、燈火はすっかり腰が抜けてしまった。情けない。

「そう。鬼の蝶姫です」

小夜子の紹介は明るかった。まるで、本当に友達を紹介するみたいな……いいや、友達を紹介すると言っていた。

これが、朝倉さんのお友達……？

「蝶姫、こちらが燈火ちゃん。わかる？」

「――――」

蝶姫と紹介された鬼は、沈黙したまま、その場に座る。そして、お行儀よく頭をさげた。

「湯築屋の外だと、蝶姫の声は聞こえないと思うけど、よろしくって言ってるよ」

たしかに、動作はそのように言っている雰囲気だった。

燈火も正座で座りなおし、お辞儀をしてみる。

「よ、よろしくおねがいします」

燈火が言うと、小夜子は蝶姫に「燈火ちゃんも、よろしくってさ」と伝えていた。通訳をしているようだ。

「鬼は、人の言葉が聞こえないし、上手くしゃべれないの。湯築屋の結界なら大丈夫なんだけど、外では私が通訳するね」

いわく、鬼は神気と瘴気を併せ持つ特殊な存在だ。そして、強い怨《うら》みや後悔を持っている。周囲の音はノイズとなり、彼らには届かないらしい。

小夜子は、そんな鬼に、声を届けられる存在だった。なんとなく、彼女は特別なのだろうと、燈火は理解する。

「その鬼は、君に使役されているの？　君が、鬼使いの術を使用しているようには見えない」

蝶姫が紹介されても、ミイさんはまだ警戒しているようだった。

「いいえ。私は蝶姫を使役していません……でも、話ができます。蝶姫は、私の言葉だけは聞いてくれるの」

「そんな鬼がいるの……？　いや、君の体質か。珍しい」

ミイさんは怪訝《けげん》そうだ。

鬼に人の声は届かない。ゆえに、鬼使いは神気を言の葉にのせて、鬼を従属させるのだという。

けれども、小夜子と蝶姫の間に、そのような繋がりはない。純粋な鬼使いと鬼の関係ではなかったので、ミイさんは警戒しているのだ。

「蝶姫は、私の友達」

だが、小夜子の眼差しは真剣で、燈火の胸へもストレートに届いた。

蝶姫について語る小夜子は、雰囲気が変わる。クリスマスパーティーのときも、優しくていい子だと感じていたけれど……表情がいっそう温かくなるのだ。特別な誰かを見つめる目になる。

九十九がシロに向ける視線と似ていた。

愛しい者を見る目。

小夜子と蝶姫は本当に友達、いや、それ以上の特別な関係だと伝わる。

「どうしても、燈火ちゃんに紹介したくて」

「ボ、ボクに……？」

キョトンと目を見開くと、小夜子はうなずいた。

「人間以外の大事な存在。九十九ちゃんの他にもお友達になれて、嬉しいから」

大事な存在。

燈火は無意識のうちに、ミイさんを見ていた。たぶん、小夜子も彼のことを示したのだと思う。

小夜子は鬼の蝶姫が友達で、大事で……燈火は、神様のミイさんと交際している。だから、二人で話してみたかったのだと言っているのだ。

そう理解すると、誘われた理由にも納得する。

「その鬼は……なにもしてこないよね？」

もっとやわらかい聞き方があるはずなのに、燈火にはこんな言葉しか浮かばなかった。

ミイさんは、まだ警戒を解いていない。大丈夫だと信じてもらう手伝いがしたかっただけだ。

「うん。とっても優しい鬼だよ」

小夜子は、燈火の言いたいことをわかって、穏やかに微笑んだ。

それでも、ミイさんから緊張がとれないので、燈火は一歩前に進む。

「ミイさん、大丈夫だと思う……」

自信はないが、燈火は小夜子を信じたい。

燈火は、おそるおそる、蝶姫に手を伸ばした。蝶姫は、沈黙したまま微動だにしない。

指が、蝶姫の衣に触れる。心臓がバクバクと脈打つが、燈火に触れられても、蝶姫は大人しく座ったままだった。

「ほら、大丈夫」

ミイさんに言い聞かせながら、燈火はぎこちなく笑う。ミイさんは、まだ不服そうだが、黙って腰をおろしてくれた。

燈火とミイさんの様子を見て、小夜子は感心したように微笑んだ。

「燈火ちゃんは、ミイさんから信頼されてるね」

「そんなこと……」

ないとも、あるとも言い切れなくて、燈火は言葉を濁《にご》した。しかし、今は間違いなく、ミイさんは燈火を信じてくれた。そう感じると、小夜子の言葉はとても心にしみわたった。

「朝倉さんのほうが、きっとすごいんじゃないかな……人間だけじゃなくて、鬼の友達なんて……こ、コミュ力の女神」

「そうでもないよ?」

燈火が辿々しく褒めると、小夜子はクスリと声を立てた。

「蝶姫は、私の初めての友達なんだよ」

「初めて?」

「うん。私、友達いなかったから」

燈火は眉根を寄せた。

小夜子は明るくて、気遣いもできる。こんな燈火とも、普通に話してくれるではないか。友達なんて、もっとたくさんいるはずだ。

「九十九ちゃんに会うまで、私には蝶姫しか友達がいなかったからね」

なんでもないことみたいに言われたので、つい「そっか」と返してしまった。が、遅れて意味を呑み込んだ。

「え？　本当に？」

「うん。本当に」

小夜子は、燈火と違う。

ずっとずっと、上手くやれている。コミュ障ではないし、空気も読めるのに。

それでも、友達がいなかった？

信じられない。

「みんなといるほうが楽しいって思えるようになったのは、九十九ちゃんと会ってからだよ。それまでは、一人のほうがいいと思ってたから」

小夜子の話が意外すぎて、燈火は目を点にする。

「だから……私と燈火ちゃん、ちょっと似てるなって。私が勝手に、そう思ってるだけなんだけど」

小夜子の笑みが、初めて弱々しくなった。燈火がどう感じるのか、気を遣ってくれているのかもしれない。

似てる……。

燈火と、目の前の子が……。

そうは言われたって実感がない。なのに、親近感がわいた。

「でも、ボクは朝倉さんみたいにはなれないから……」

燈火は、変われる気がしない。

一生、このままだと思う。

他人と接するたびにビクビクして。九十九がいてくれないと、マトモに会話もできない。

成長なんて、するはずがなかった。

「なんで？」

うつむく燈火の前で、小夜子は首を傾げた。

「燈火ちゃんが、私みたいになる必要ないんだよ。私だって九十九ちゃんや、燈火ちゃんにはなれないんだから」

「え……」

そう、だけど……そうだ。

「誰かになる必要は、ないと思う」

小夜子の言葉に、燈火はあっさりと納得させられてしまった。

「だって、ボクは上手くできない……」

人とつきあうのが苦手だ。ミイさんと一緒にいるほうが楽だった。

こんな人間、いなくてもいい。

いなくなったって、誰も困らないから。

誰にもなれず、誰にもあわせられない。

社会不適合者というやつだ。

捨ててしまいたい。

「上手くやれることだけ、がんばってもいいと思うんだよ。私だって、落ちこぼれで……

本当は、もっといろいろできなきゃいけないのに」

小夜子は目を伏せながら、自分について話してくれた。

実家は鬼使いの家なのに、小夜子には能力がないこと。神気が弱すぎて、鬼を使役できないこと。土地の鬼を従えて、鎮《しず》めるという役目があるのに果たせないこと。

鬼使いとしての役立たずの小夜子は一族から追放されて、親戚に預けられている。兄に、すべての責務を押しつけて。

「ああ、でも。今は家族と仲直りしたんだよ。お兄ちゃんとも……お母さんや、お父さんとは、ちょっと気まずいけど、ときどき実家には帰ってるの。これも、全部九十九ちゃんと出会えたおかげ」

今の小夜子からは想像できない話だ。

燈火の境遇は、まだ恵まれているのではないか。

「でも、蝶姫さんは……鬼なんでしょ？　朝倉さんには、力がないんじゃ……さっきも、ミイさんが言ってたけど」

「鬼使いにはなれなかったけど、私は特殊な体質みたい」

燈火の疑問に、小夜子は優しく笑い返す。そんな小夜子を見つめる蝶姫の様子も、穏やかだった。お面で顔が見えないのに、なぜだか蝶姫の感情が伝わる。

「私は、蝶姫に食べてもらう約束だから」

説明はそれだけだった。燈火は継ぐ言葉を待ったが、小夜子は黙したままだ。

でも……。

ぞっとする内容なのに、小夜子は幸せそうだった。

たぶん、燈火には理解できない。小夜子と蝶姫だけの関係があるのだろう。これ以上は踏み入れなかった。

なのに、小夜子と蝶姫が想いあっているのがわかる。

九十九とシロも、お互いを大切にしていた。

燈火は。

燈火は、ミイさんを――。

「早くお団子食べちゃおうか。お店、もうすぐ閉まると思う」

小夜子は変わらぬ口調で、置きっぱなしになったお団子を勧めた。

たしかに、もう閉店間際であった。

窓の外では、すっかり日が沈んで真っ暗だ。冬は日の入りが早くて、時間の感覚がなくなってしまう。

いつの間にか、小夜子の隣から蝶姫が消えていた。小夜子の影に戻ったのだろう。ミイさんも、白い蛇の姿で燈火のバッグへ入っていった。

「よかったら、また一緒にお茶しない？」

みたらし団子を食べながら、小夜子は燈火に微笑んだ。

燈火は、桜のお団子を口に含む。甘塩っぱさと、桜の風味。お団子の焼き目が絶妙で、寒さで冷えていた身体に染み渡る。こういう甘みと塩気を求めていたのだ。

「う、うん……」

燈火はコクリとうなずいて、お団子をゆっくりと呑み込む。

「……ボク、もう少しキミと……話してみたい……」

上手く話せないけれど、興味は惹かれる。

「お、主に……鬼使いのお仕事についてッ。あ、あ、ああああ、あの、その。お札とか飛ばしたり、刀とか持ったり、そういうのだよね⁉ 古《いにしえ》より伝わる衣装とか、あったりするんですか⁉」

燈火は早口で捲《まく》し立てながら、ズイズイッと距離を詰める。ここまで、まったく息継ぎしていない。

「え……ええ？」

小夜子は苦笑いしながら、腰を引く。

「な、ないよ。それに、私は厳密には鬼使いじゃないからね？」

「そ、そうだったね……ご、ごめんなさい。変なこと聞いて、ごめん」

「いいよ。なんか面白い話がないか、お兄ちゃんに聞いてみるね」

「ほ、本当ですか⁉ ぜひ、サインをくださいッ！」

「サインは、どうだろうね……？」

勢いをつけすぎてしまったようだ。完全に小夜子が困惑していると気づいて、燈火は顔が赤くなった。そういえば、九十九にも似たようなことを言って、困らせてしまった。

「燈火ちゃんは、想像力豊かだね。ＳＮＳも得意だし、将来はクリエイターみたいなお仕事がいいんじゃないかな？」

小夜子は微笑みながら、残りのお団子を食べてしまう。

「私には、そういう特技はないから。きっと、燈火ちゃんにしかできないことだよ。うらやましい」

「うらやましい……？」

燈火は、自分の両手を見おろした。

なにもない。

コミュ障で、空気が読めなくて、他人に迷惑かけてばかり。

悪いところしか目につかない。他人が持っているものをうらやんで、劣等感を募らせるだけ。

それでも、小夜子にとっては、うらやましいらしい。

お世辞かな。

すぐには、認められない。あまり期待しないほうが、きっといい。

なのに、すごく……心が温かかった。

5

小夜子と別れた帰り道。

なんとなく、そのまま路面電車にのって、帰宅する気分になれず、燈火は道後公園へと足を延ばす。

すっかり夜が更け、公園は真っ暗だ。ライトの入った果実袋を飾る、光の実イルミネーションの明かりが幻想的である。

黒い大蛇の姿となったミイさんに襲われた場所だ。

ミイさんが祀られる岩崎神社も、この近くにある。

「ねえ、ミイさん」

燈火は公園のベンチに腰かけ、池をながめる。

光の実が水面に反射していた。色とりどりのイルミネーションを見ようと、公園を歩く人々の姿もまばらに確認できる。

「どうしたの？」

ミイさんが、燈火のバッグから頭を出す。

通り過ぎる人々は、誰も燈火を気にかけていない。身体が小さいミイさんにも、誰も気づいていなかった。

「朝倉さん、すごく綺麗だったね……」

ぼんやりと浮かんできた言葉を口にした。

蝶姫について語る小夜子は、綺麗だったのだ。

彼女は……蝶姫に、食べてもらうと言っていた。とても恐ろしい内容だ。なのに、同時にまぶしかった。

たぶん、それを言う小夜子が美しかったからだ。

「九十九さんも……綺麗なんだよね」

明るくて、誰にでも優しくて、なんでもできて……それだけではない。

シロと一緒にいるときの九十九は、表現し難い美しさがある。ただ女の子らしいというだけでなく、凛とした強い芯も感じるのだ。

二人とも、大事な人、いや、存在がいる。

燈火は――。

「燈火も綺麗だよ？」

ミイさんは、蛇らしく舌をチロチロと出しながら、燈火の膝にのった。

「ボク、綺麗なの？」

「うん。僕の嫁だ」

そうだ。ミイさんは、燈火とおつきあいしている。一応、結婚を前提に、というか、視野に入れて。

神様とのおつきあいなんて、なにをすればいいのかわからなかった。でも、気がつけば、一緒にいるのが楽だと感じている。

それって……燈火がミイさんを想っていると言えるのだろうか。

小夜子や九十九のように、ミイさんを大切にしているのだろうか。

燈火は、彼女たちのような関係を、ミイさんと築けているだろうか。

都合よく、楽だからと……流されていないだろうか。

「ボクに、ミイさんと結婚する資格なんか……」

燈火はミイさんの頭をなでる。蛇の姿をしているとき、ミイさんの表情はよくわからない。

「資格？」

「だって、ミイさんは神様だよ？」

燈火は不思議なものが見えるけれど、力は使えない。神気というらしいけれど、使用するには鍛錬《たんれん》が必要だ。九十九に少しだけ教えてもらったが、どうも、あわなかった。神気があっても、上手く術を駆使できない人もいるようだ。

ミイさんと本当に結婚すれば、繋がりができるので燈火の神気も変化すると、シロから言われた。実感はわかないが、なんとなく「そう」なのだと理解している。

燈火はなにも伴っていないのに、環境だけが目まぐるしく変わっていく。

急に恐ろしくなった。

ミイさんに結婚しようと告白されて、燈火は流されるままに了承してしまっている。けれども、九十九が慌てて止めたので、とりあえず、おつきあいをしている状態だ。

いまさらになって、九十九が止めた理由がわかってきた。

「なにも心配はいらない」

燈火の不安が伝わったのだろう。

ミイさんは、赤い目でじっと燈火を見つめた。

人間の姿をしているミイさんは神秘的だ。けれども、蛇の姿をしているほうが、より人ならざる者という感覚が強まった。

「燈火を害する者は、全部取り除く。僕が君を守るから、安心してよ」

白い身体に、黒い大蛇の姿が重なって見えた。実際には、ミイさんの姿形は変化していない。しかし、その片鱗《へんりん》が見え隠れしている。

燈火は息を呑んだ。

きっと、ミイさんは守ってくれる。

燈火になにがあっても、約束通りに害を排除するのだろう。

なんの心配もしなくていい。燈火は、ミイさんに守られるまま、流されていれば大丈夫なのだ。

ミイさんは、そういう性質の神様だと、理解してしまっていた。

「何度も言うけど……」

燈火は決まった返事をしかけて、口を閉ざす。

ミイさんは、どこまでも本気だ。燈火がねがえば、なんだって叶えてくれる。邪魔者はすべて排斥し、燈火が苦しまないようにするだろう。

黒いミイさんの姿が脳裏を過る。

あれは、ミイさんの一側面だ。あのときは、なにかの拍子に分離してしまった片割れを取り込むために、押さえ込もうとした。だが、本当はあの黒いミイさんも、表裏の存在。同じミイさんである。

邪魔者は、確実に消すはずだ。

燈火の望みなら。

でも、燈火は……望まない。

「ボクは、ミイさんに誰も傷つけてほしくないんだよ」

いつもと同じ返しになってしまう。

しかし、そこにこもった心は違った。

「なんというか……上手く説明できない」

燈火はミイさんを指先でなでる。

ミイさんは、燈火の指に頭をすりつけるように、身を寄せた。

「説明できないけど……ミイさんは、人間を食べたり……その、襲ったりするのは、好き……なの？」

ミイさんと話すときは、いつも比較的スムーズに言葉が出てくる。なのに、存外拙《つたな》くなって、燈火は自分でも愕然とした。でも、ちゃんと聞けた。

燈火の質問に、ミイさんは首を傾げている。

「必要があれば喰らうけど、そうでないなら、気にかけない」

考えたこともなかった。ミイさんの答えは、そんな響きを含んでいた。

「じゃあ……襲うのは、好きじゃないんだね?」

「好きか嫌いかと言われれば、どちらでもないよ。行為そのものに興味はないから」

「だったら、やっぱり、ボクはミイさんには、誰も襲ってもらいたくない」

燈火のせいで人が傷つくのは嫌だ。

この感情も、間違いなく真実だった。

同時に、話しながら別の感情も整理されていく。

「好きでも嫌いでもないってことは、気が進まないんだよね……？」

とても好きなら、話は別だけれども……いや、それはそれで困るか。

「あえて喰おうとは思わないな」

「だ、だよね。面倒くさいってことだよね」

「そうかもね」

ミイさんは笑わず、真剣に燈火の話を聞いてくれている。

「つまり、ボクは……ミイさんに、好きでもないことをしてほしくないっていうか……」

「でも、燈火のためだから」

「それは、嬉しいよ。嬉しいけど、そうじゃなくって」

どう説明すればいいのだろう。こんなときにも、コミュ障が足を引っ張る。

「ミイさんが人を襲うと、みんなから嫌われるかもしれないし……ボク、ミイさんがそんな神様になるのは嫌だ。嫌われて、信仰されなくなったら……忘れられたら、消えていなくなっちゃうんだよね？」

九十九から聞いた話だ。神様は万能だけれども、人間の信仰をなくし、名前を忘れられたら堕神になってしまう。そうしたら、もう消滅するだけなのだ、と。

ミイさんが人を襲ったとして、そこに直結するかはわからない。

でも、燈火のために、ミイさんが嫌われてほしくなかった。誰かの敵になる必要はない。黒いミイさんよりも……白くて穏やかなミイさんのほうが、彼本来の姿のような気がしたのだ。

もちろん、ミイさんは元々気性の荒い神様だった。それは聞いている。しかし、今は岩崎神社に祀られ、この姿でいるのだ。だったら、ミイさんの本質はこちらなのではないかと、燈火は考えている。

「ミイさんはボクのためって思うかもしれないけど……ボクも、ミイさんを心配してるから」

ミイさんは、ただ落ちつく都合のいい話し相手なんかじゃない。

おつきあいとか、結婚とか、そういう実感もあまりわいていなかった。

でも、燈火はミイさんが大切だ。

傷ついてほしくなんかない。

「燈火」

蛇の姿なのに、ミイさんが笑った気がした。

ミイさんは、燈火の膝のうえで身体を伸ばす。まるで、背伸びしているみたいだ。

ぼうっとしている間に、ミイさんは小さな頭を燈火の唇に押し当てた。

口と口が触れあって、キスみたい。

いや、きっとキスなのだろう。

「やっぱり、綺麗だよ。愛しい」

蛇だけど……キスされた？

「え、え、ええ……な、なんか言った？」

「愛しいと言った」

聞き間違いではなかったらしい。燈火は、ミイさんの言葉を咀嚼《そしゃく》するように、頭の中でくり返した。

「燈火は、他の娘を綺麗だと言った。でも、燈火も充分に綺麗だよ」

ミイさんの言葉は、甘くて耳心地がよすぎる。脳を駄目にする成分が含まれているに違いない。正常な判断ができなくなりそうだ。

「燈火も、彼女らが誰かを想うのと同じくらい僕を想っている。だから、僕は君が美しくて、愛しい」

ミイさんは、都合のいい話し相手ではない。

燈火にとって——小夜子にとっての蝶姫。九十九にとってのシロのような——大切な存在だ。

いつの間に、そう思うようになっていたのだろう。

さっきまで、流されているだけだと感じていたのが嘘みたいに、ミイさんの言葉はしっくりと胸に落ちた。

「そう、なの、かな？」

自信がない。

実感がない。

でも、嬉しかった。

ぽつんと、燈火の口から漏れる。

「ありがとう」

さっき、宝厳寺では言えなかった言葉だ。

ありがとう。

意識して使うと、なんとも心がそわそわする。SNSでは、ちゃんと言えるのに。

言われた側が嬉しいだろうと思っていたけれど……言った側の燈火の心も、明るくなれる言葉だった。

「ありがとう」

ミイさんも、燈火の言葉をくり返した。もちろん、言われる側になっても、すごく嬉しかった。

「嫁にしてよかった」

蛇の顔に、ぼんやりとした表情のミイさんが重なる。きっと、人の姿をしていたら、こういう笑い方をしているだろう。予想というか、妄想というか、幻影というか。

「まだお嫁じゃないよ……」

燈火はミイさんから目をそらしながら否定した。ミイさんを、ずっと見つめているのは恥ずかしい。

「でも……」

燈火は、もう一度、ミイさんと向きあった。

「ミイさんのお嫁にはなりたい。だけど、今は無理」

せめて、もっと自信をつけたかった。

小夜子や九十九みたいになるのは、絶対に無理だ。小夜子は九十九に出会って変わったと言っていたけれど、あんな劇的な変化は燈火には不可能だった。

ゆっくりでいい。

ミイさんのお嫁だと、胸を張れるようになりたかった。

「そう」

ミイさんの声音は、いつもと一緒だ。落胆させていないことに、燈火はほっとした。

「じゃあ、待ってる。何日くらい？」

「いや、数日じゃちょっと……」

「何ヶ月？」

「ぐ、具体的に区切られると、プレッシャーが……」

「人間の命は短い。早く決めてくれないと」

「なにも言い返せないんだよね……」

「若いうちに嫁になってくれたら、老いなくて済むのに」

「え？　なにそれ？」

「言っていなかった？　不死とはいかないけれど、不老は約束するよ」

「初耳だよ！　もっと早く言ってほしかった！」

なにその、漫画やアニメでしか見ない設定！　すごい！　……じゃなくて、それ大丈夫なの？　ボク、人間やめちゃうの？

情報が衝撃的で、頭がぐるんぐるんしてきた。そうか。九十九が止めたのは、こういう理由もあったのかもしれない。

ミイさんは、いろいろ危険な神様だ。それは、なんとなく察している。

ああ、でも。

「とにかく、考えとくよ……」

燈火は弱々しく返事をしながら、池に視線を移した。

ミイさんは、ただ都合のいい話し相手ではない。

燈火の旦那様になるかもしれない神様だ。

怖い。

だけど、不思議と不安はなかった。

楽観的だけれど……ミイさんと一緒なら、なんとかなる気がする。

「帰ろうか」

「うん」

燈火はバッグの口を開き、ミイさんを中へと誘導する。

ミイさんは、シュルシュルと身体をくねらせながら、バッグへとおさまった。

「あ……」

ふと、コートのポケットに手を入れると、指になにか触れる。

捨莉紙だ。一遍上人が、もう一枚持たせてくれたものだった。

燈火が本当に捨てたいもの……。

自分自身を、捨ててしまいたい。こんな駄目な自分は、必要ない。そう思っていた。

捨莉紙に書くべきは、燈火の名前だと思ってしまったのだ。

「どうしたの？」

立ち止まった燈火に、ミイさんが声をかける。

「ううん……なんでもないよ」

燈火は軽く首を横にふった。

そして、ポケットの中で捨莉紙をクシャリと丸める。

「ミイさん。また今度、宝厳寺行こうか」

捨てたいものは、また考えなおそう。

しかし燈火は、もう一度、一遍上人と話がしてみたかった。いつでも来いと言ってくれたので、きっと迷惑ではない。と、思いたかった。

道後公園を歩き、路面電車の駅へと向かう。

冷たい夜風が身体を冷やすけれど、どこか心地よかった。

藍．この広い結界に

1

きゃっきゃっと、甲高い声をあげながら、九十九は白くて大きな尻尾に飛びついた。ふさふさの毛に埋もれていると、自分の身体の小ささを実感する。

九十九は幼稚園でも、背は小さいほうだ。年長さんなのに、年中さんにも負けてしまう。先生からは、「つくもちゃんは、早生まれだからね」と言われていた。

早く大人にならないかなぁ……。

「シロ様、シロ様」

「九十九」

縁側のシロが、九十九をふり返った。座っているのに、いつも見あげた姿勢になってしまう。九十九の身体が小さいからだ。

見おろされているばかりなのがちょっと悔しくて、九十九はすくっと立ちあがる。胸を張って背伸びすると、目の高さが同じくらいになった。

「つーちゃんのほうが」

高い！　と、言おうとした瞬間、シロの頭でぴこぴこ動く耳が目に入った。

耳の分は……超えていない。九十九は自分の頭をぺたぺた触りながら、しゅんと視線をさげた。

「はやく、おおきくなりたいなぁ……」

あきらめて、九十九は縁側へ腰かけた。

シロの隣だ。ここが九十九の定位置である。

「どうしたのだ。勝手に不貞腐《ふてくさ》れて」

しょんぼりとする九十九の頭に、シロが手をのせた。

白くて、女性的な繊細さがあるのに、大きくてたくましい。包み込まれる心地がして、なでられるだけで安心できた。

「つーちゃんも、おおきくなりたくって」

縁側からおろした足を、ぶらんぶらんと揺らして唇を尖らせる。

「人は、すぐに大きくなるだろうに」

「いつ？　あした？　あさって？」

九十九は曇りのない眼差しを、シロに向けた。

「あと十年もすれば、立派な娘だ。さらに十年、二十年経てば……」

「そんなに待てないー！」

十年とか、二十年とか、そういう話をしているのではない。九十九は駄々をこねて、頬をふくらませた。

「過ぎ去れば、あっという間だったと言うだろうよ。たいがいの人間は、そうだ」

シロは困った表情を作ったが、やがて九十九を自分の膝にのせる。うしろから抱きつかれると落ちつくものの、やはり子供扱いされていた。

「お前たちは、そういう生き方だからな」

シロの言葉の意味が、九十九には理解できなかった。

「わかんない。つーちゃん、はやくおおきくなりたい」

ただ正直に、九十九はつぶやいた。

「何故《なにゆえ》、早く成長したいのだ？」

わがままとも言える九十九の駄々を、シロはていねいに読み解こうとする。九十九は、甘えるみたいにもたれかかりながら、シロを見あげた。

「つーちゃんが、おとなになったら……みんな、ほっといてくれるでしょ？」

そう言うと、シロはちょっと意外そうに目を見開いた。

九十九は……周囲から気を遣われている。

無理はしなくていいよ。

嫌ならやらなくてもいい。

辛いことがあったら、相談して。

みんな、優しい言葉をかける。九十九を気遣って、心配してくれる。にこにことして、九十九の不安を取り除こうとする。

それが……歪《いびつ》に感じていた。

母親の登季子が湯築屋にあまり帰らないのも、周囲が過度に九十九を構うのも、全部、正常ではない。九十九には、わかってしまっていた。

本能だったかもしれない。誰かに言われたわけではないけれど、なんとなく空気を感じとっていた。

「九十九は心根が優しいな」

シロは、また九十九の頭をなでた。

「チョココロネ？　好き」

「心根。心の有り様だ」

むずかしい言葉はわからない。が、褒められているのだけは伝わってくる。

シロも、九十九になにかを隠していると思う。親たちや、従業員とは違う種類の距離感があった。

九十九と周囲の間には、壁が存在する。

それが嫌だから……早く大人になりたい。

大人は自立していて、なんでもできる。いや、やらなければならない。だったら、九十九は構われなくなるだろう。

妙な壁も、消えるかもしれない。

「みんな、しあわせになってほしいから」

もちろん、今だって幸せだ。周りが不幸だなんて思っていない。

でも、九十九に気を回す分を、自分のために使ってもらいたかった。

「みなは、九十九が幸せになってほしいだけだろうさ」

九十九が首を傾げると、シロはそっと頬をなでる。

「お前たちは美しいな」

微笑む琥珀色の瞳は、どこまでも透きとおっていた。生気があるのに、精巧なガラス細工のごとく整っている。完璧で、ため息が出る造詣だ。

「シロ様が、一番きれい」

こんなに綺麗なものを、九十九は見たことがない。湯築屋には様々な神様が訪れるし、見目麗しいお客様もたくさんいた。

だが、シロが一番だと断言できる。

きっと、これからだってそうだ。シロは何者よりも美しい。

「儂が美丈夫なのは否定しようもないが、心の話だぞ」

シロは九十九の胸元に手を当てて、まぶたを閉じる。琥珀色の瞳が隠れる様も、整った睫毛《まつげ》も、なにもかも、ずっと見つめていられた。

「似ておるのに、まったく違う――」

九十九にとって、シロの言葉はむずかしい。

けれども、このときばかりは、なぜか「九十九の話をしていない」と感じた。九十九に話しかけているはずなのに、別の誰かを見ている。

誰と似ているのだろう。

「九十九は……九十九なのだな」

シロは目を閉じたまま、九十九の額に顔を寄せた。

前髪越しに、やわらかい唇が当たる。

ふんわりと、松山あげの甘い香りが鼻をかすめた。

幸一が、よく寝る前にこうやってキスしてくれる。九十九は嬉しくなって、シロへと手を伸ばす。

「おかえし」

そう言いながら、九十九はシロの頭にある耳に触れた。

ふわふわな毛で覆われていて、やわらかい。姿は人間と変わらないのに、狐の耳と尻尾がついているのは、やはり不思議だった。湯築屋の外には、こんな人間はいない。神様や妖くらいだ。

「なにをしておるのだ……?」

シロに問われて、九十九はにこにこと自信を持って笑う。

「おともだちがね。ここをなでてあげると、きもちいいって」

幼稚園で一緒に遊んでいる京だ。犬を飼っているので、触らせてもらったときに「こうするといいんよ」と、教えてもらった。

「儂は犬ではないのだが……」

シロは困惑しているようだ。

しかし、背中では大きな尻尾が左右に揺れている。嬉しそうだったので、たぶん間違ってはいない。

「シロ様も、いつもさみしそうだから」

小さな唇に弧を描き、九十九は立ちあがった。

シロを正面から見据えて、耳だけでなく頭もなでる。

「つーちゃんの旦那様。ずっと一緒にいましょうね」

九十九は囁きながら、シロの額に唇を押し当てる。

さっき、シロがやってくれたのと同じように。

シロはしばらく、九十九を見つめて固まっていた。驚いているのだろうか。シロは九十九よりも大人だから、それなら少し嬉しい。早く大人になれる気がした。

「ずっと、か」

シロはうつむいてしまい、九十九から顔が見えなくなる。

やっぱり、どこか寂しそうだった。

「白夜命様っ、九十九様っ」

縁側に向かって、ぴょこぴょこと子狐が声をかけてくる。仲居のコマだ。もふもふとした尻尾を揺らして、楽しげな様子だった。

ぬいぐるみのように可愛らしいのに、九十九よりも長く生きていると言うから、びっくりである。

「コマ、どうしたの？」

九十九はシロの前から退いた。コマは、「お邪魔でしたか？」と、首を傾げるが、そんなことはない。

「田道間守《たぢまもり》様から、タルトをいただいたので一緒に食べませんか？　幸一様が切ってくださるそうですっ」

このあいだ、ケーキ屋さんに行ったとき、九十九は初めて「タルト」に種類があると知った。

ショウケースに並んでいたのは、クッキーのようなタルト生地に色とりどりのフルーツが盛られたケーキである。いちごやオレンジ、チーズなどがあった。

一方、九十九がそれまでイメージしていたタルトは、カステラ生地に柚子《ゆず》風味の餡を巻いたロールケーキの形。テレビのCMでも、お馴染みだった。愛媛県での定番は、こちらが正解だ。

だから、コマから「タルト」と聞いて、九十九は反応に困る。

手土産だったら、後者のタルトかもしれない。でも、お菓子の神様である田道間守は無類のスイーツ好きで、新しいものをたくさん食べる。九十九も、流行りのお菓子をたまにもらっていた。

どちらのタルトでも、おかしくなさそうだった。

「えっと……中に栗が入ったタルトですっ！」

「栗タルト！　わかった」

では、巻物の形をした愛媛県のタルトだ。栗タルトも、九十九は大好物だった。

「シロ様。食べにいこうよ」

九十九は笑顔を咲かせながら、シロの羽織を引く。

「そうだな」

九十九に渋々とつきあうという態度で、シロが立ちあがった。けれども、お尻尾が揺れているので、タルトが好きなのだろう。

シロは不意に九十九へ手を伸ばした。

脇のしたを、抱えるように持ちあげられる。ヒョイッと軽々身体が浮いて、九十九はつい足をバタバタとさせた。

シロは九十九を、肩車してくれる。

「これなら、大きくなった気分になれるであろう？」

シロは得意げに笑う。不安定な姿勢だが、両手でしっかりと支えられているので、落ちる気はしなかった。

「わあ」

視野が広い。

背が高いだけで、いつもより遠くまで見渡せる。

部屋の中ばかりではない。幻影の庭に咲く寒椿も、生物のいない池も、普段よりもよく観察できた。

大人の目の高さだ。木登りをしたときとも、また雰囲気の違う光景が広がっていた。

けれども、ふと九十九は首を伸ばす。

湯築屋には広い庭がある。全部、シロが創り出した幻影らしい。

その庭の奥――生け垣の向こうは、なにがあるのだろう。

ただただ、虚無の色しか確認できない。

ここにあるものは、全部幻。

本当は、あの空と同じ色の空間が広がっているだけ。九十九たちは、シロに招き入れられているに過ぎなかった。

さきほどの、寂しそうなシロの顔を思い出す。

「タルトを食すとしようか。松山あげも、追加をもらっておかねばなるまい」

シロは厨房に向けて歩き出した。

庭が見えなくなって、九十九は黙ってシロの頭を抱えるようにしがみつく。ふかふかの毛が生えた耳がやわらかくて、両手でなでてみた。

シロは、九十九が寂しいときも一緒にいてくれる。

でも……九十九も、シロが寂しがっているときは、一緒にいてあげたいとねがうのだった。

◆この作品はフィクションです。
実在の人物、団体などには一切関係ありません。

双葉文庫

た-50-09

道後温泉《どうごおんせん》　湯築屋《ゆづきや》❾

神様《かみさま》のお宿《やど》は輝《かがや》きに満《み》ちています

2022年5月15日　第1刷発行

【著者】
田井《たい》ノエル

【発行者】
箕浦克史
【発行所】
株式会社双葉社
〒162-8540 東京都新宿区東五軒町3番28号
［電話］03-5261-4818(営業部)　03-5261-4833(編集部)
www.futabasha.co.jp(双葉社の書籍・コミックが買えます)
【印刷所】
中央精版印刷株式会社
【製本所】
中央精版印刷株式会社

【フォーマット・デザイン】
日下潤一

ISBN978-4-575-52573-1 C0193
Printed in Japan